文豪たちが書いた
酒の名作短編集

彩図社文芸部 編

彩図社

なぜ酒をのむかと云えば、
なぜ生きながらえるかと同じことであるらしい
——坂口安吾

序

私たちの生活と切っても切れない関係にある、お酒。愉しく飲む人、浴びるように飲む人、味にこだわる人。お酒の楽しみ方は千差万別ですが、それは名だたる文豪たちも同じだったようです。

酒を求めた〝飲んべえ〟たちが繰り広げるドタバタ劇が楽しい夢野久作「ビール会社征伐」や、酔った時の奇妙な癖をユーモラスに描いた梅崎春生「百円紙幣」、はたまた酒飲みの美学を端正に語る林芙美子「或一頁」まで……。本書では、文豪たちのお酒にまつわるエッセイや短編小説をセレクトして掲載しました。

ミステリアスな文豪たちの人間味が溢れる珠玉の15編。ぜひ、今夜の晩酌のお供にお読みいただけますと幸いです。

彩図社文芸部

文豪たちが書いた

酒の名作短編集

―目次―

文豪たちが書いた
酒の名作短編集

酒のあとさき

坂口安吾

私は日本酒の味はきらいで、ビールの味もきらいだ。けれども飲むのは酔いたいからで、酔っ払って不味が無感覚になるまでは、息を殺して、薬のように飲み下しているのである。私は身体は大きいけれども胃が弱いので、不味を抑えて飲む日本酒や、ビールは必ず吐いて苦しむが、苦しみながら尚のむ。気持よく飲めるのは高級のコニャックとウイスキーだけだが、今はもう手にはいらず、飲むよしもない。ジンやウォトカやアブサンでも日本酒よりはいい。少量で酔えるものは、味覚にかかわらず良いのである。

酔うために飲む酒だから、酔後の行状が言語道断は申すまでもなく、さめれば鬱々として悔恨の臍（ほぞ）をかむこと、これはあらゆる酒飲みの通弊で、思うに、酔っ払った悦楽の時間よりも醒めて苦痛の時間の方がたしかに長いのであるが、それは人生自体と同じことで、なぜ酒をのむかと云えば、なぜ生きながらえるかと同じことであるらしい。酔うことはすべて苦痛で、得恋の苦しみは失恋の苦しみと同じもので、女の人と会い顔を見ているうちはよいけれども、別れるとすぐ苦しくなって、夜がねむれなかったりするものである。得恋という男女二人同じ状態にあるときは、女の方が生れながらに図太いもので、現実的な性格がよく分るものであり、だから女の酒飲みが少いのかも知れぬ。

女はそのとき十七であったから、十一年上の私は二十八であったわけだ。この十七の娘が大変な酒飲みなのである、グラスのウイスキーを必ずぐいと一息で飲むのである。何杯ぐらい飲んだか忘れたが、とにかく無茶な娘で、モナミだったかどこかでテーブルの上のガラスの花瓶をこわして六円だか請求されると、別のテーブルの花瓶をとりあげてエイッと叩き割って十二円払って出てくる娘であった。しょっちゅう男と泊ったり、旅行したりしていたが処女なので、娘は私に処女ではないと云って頑強に言い張ったけれども、処女であったと思ふ。日本橋にウインザアという芸術家相手の洋酒屋ができて、そこの女給であったが、店内装飾は青山二郎で、牧野信一、小林秀雄、中島健蔵、河上徹太郎、こう顔ぶれを思いだすと、これは当時の私の文学グループで、春陽堂から「文科」という同人雑誌をだしていた、結局その同人だけになってしまうが、そのほか中原中也と知ったのがこの店であった。直木三十五が来ていた。あの当時の文士は一城をまもって虎視眈々、知らない同業者には顔もふりむけないから、誰が来ていたかあとは知らない。

中原中也は、十七の娘が好きであったが、娘の方は私が好きであったから中也はかねて恨みを結んでいて、ある晩のこと、彼は隣席の私に向って、やいヘゲモニー、と叫んで立上って、突然殴りかかったけれども、四尺七寸ぐらいの小男で私が大男だから怖れて近づかず、一米(メートル)ぐらい離れたところで盛にフットワークよろしく左右のストレートをくりだし、時にスウィングやアッパーカットを閃かしている。私が大笑いしたのは申すまでもない。五分ぐらい一人で格闘して中也は狐につままれたように椅子に腰かける。どうだ、一緒に飲まないか、こっちへ来ないか、私が誘うと、貴様はドイツのヘゲモニーだ、貴様は偉え、と言いながら割りこんできて、それから繁々往来する親友になったが、その後は十七の娘については彼はもう一切われ関せずという顔をした。それほど惚れてはいなかったので、ほんとは私と友達になりたがっていたのだ。そして中也はそれから後はよく別れた女房と一緒に酒をのみにきたが、この女が又日本無類の怖るべき女であった。

私は十七の娘のことを考えると、失われた年齢を、非常になつかしむ思いになる。もう、再びあのような嘘のような間の抜けた話はめぐりあうことが有り得ない、年齢的に、否、二十八の私は驚くほど子供でもあった。

私はそのころ別の女の人に失恋みたいなことをして（これが又はっきり失恋でもないのだから始末がわるい、非常にいりくんだ精神上の絡みがあった）そういうわけで、十七の娘のことなど行きずりの気持しかなかったのに、娘の方では八百屋お七のように思いこんで私を愛してこの娘は変な手練手管などまだ眼中にないのだから、酒飲みの私を愛する故に彼女も亦威勢よく酒をのみ（まったく常にグッと、一息で誰でも呆気にとられるのだ）そして私達は飲み仲間の歓呼の声に送られて堂々と出発し、銀座を飲み歩いて巡査に叱られたり、そして、あっちのホテルだの、こっちの宿屋で酔いつぶれた。けれども娘は頑として肉体の交渉を拒絶し、娘は私に、私は処女ではないのよと言って抱きついて色々悩しいことをするのだけれども、この娘はたしかに処女とは如何なるものであるか、男女関係の最後の、交渉がどういうものであるか、全然知らなかったのだと思う。だから私とこの娘は中原中也だの隠岐和一だの西田義郎だの飲み仲間の声援に送られて頻りに諸方のホテルで夜を明したけれども、まったく肉体の交渉はない。私は思うに、終戦後現れたフラッパーの中には案外この種の何も知らない女が相当数いるのではないかと考えている。そしてこの種の何も知らない娘に限って外形的に大無軌道をやらかすのではないかと考える。

私が京都に「吹雪物語」を書いていたとき、下宿屋の娘がこの年頃で京都名題の不良少女で、無軌道であったが素直な気立のよい娘であった。その後、中学生の三人の不良少年に強姦されて半狂乱になってそれから転落が始ったが、結局この種の運命は仕方がないので、不良少女は大概よい魂の所有者なのだが教養が低いから堕ちると高さがなくなる。

私の友達の十七の娘はその後結婚して良い母になっている筈であるが、この娘はフランス文学者の娘で日本の古典文学に本格的な教養を持っており、私の原稿を読んで仮名や誤字を訂正してくれたが私が又今もって漢字だの仮名遣いなど杜撰極る知識の持主なのだから、あんまり沢山誤字があったり仮名遣いが間違っていたりして、十七の不良少女に仮名遣いを教えて貰って恐縮したものである。

私は胃が弱いので、酒やビールだと必ず吐いて苦しむので、これはヂッと飲んでいると尚いけない。少しずつ飲んで梯子酒をすると割合によい。一番よいのは汽車の食堂で、これは常に身体がゆれているから、よく消化して吐くことが殆どないのである。だからダンスをやろうかと思ったが、昔のダンスホールは酒を飲ませないものだから、非常に厭味なところで、ダンスもつい覚える気持にならなかった。それでも、どうも酒を飲んで動かないのが苦痛の種でありすぎたから、酒場の女給から教えてもらって（四五日）ボックスという奴、これが又バカバカしくて、いっそひとつ石井漠にでも弟子入してやろうかと思ったぐらいである。あのころはウイスキーでもジョニーウォーカアの赤レベルだともう薬のように厭な味が鼻につき、私はコニャックかオールドパアでないと気持よく酔うことができなかった。今はメチルでも飲みかねないていたらくで、味覚の方が思想よりも下落してしまった。そして近頃は酒量がすくなくなり、早く酔うようになったから、却って吐くことがすくなくなったが、日本酒とビールは今もだめで、焼酎でもインチキ・ウイスキーでもメチルの親類でも、ともかく少量で酔うアルコールの方を珍重する。

昭和十二年の一月だか二月だかであったと思う。私はドテラの着流しのまま急に思いたって京都へ行った。隠岐和一を訪ね、彼から部屋を探してもらって、孤独の中で小説を書いてみようと決意したのである。その晩私は隠岐に招待されて祇園のお茶屋で酒をのんだ。祇園の舞妓というものを見るためであったが、三十六人だかの舞妓がいるうち二十何人だか次々に見せてもらったが、可愛いいのは言葉ばかりで、顔も美しいとは思われず変にコマッチャクれているばかり、話といえば林長二郎だのターキーのこと、伝統的な教養というものを何も見出すことができない。十五六の女学生と話をする方がどれぐらい清潔でいいか分らない。踊りなども一向に見栄えのしない、ただ手が延びたりひっくりかえったり縮んだり、動かない方がよっぽどましだと私はウンザリして酒をのんでいた。

舞妓の一人に東山ダンスホールのダンサアが好きでそのダンサアと踊りたいと言いだしたのがいて、私達は自動車を走らせ四五人の舞妓をつれて深夜のダンスホールへ行った。もう十二時をすぎていた。このダンスホールは東山の中腹にたった一軒たてられた景色のよいところで、もし酒を飲ましてくれるなら、私は外の場所では酒を飲まないと思ったほどの良いところであった。

舞妓の一人が、踊りましょうと私に言った。よろしい、私は即座に返事をした。私がダンスホールというところで踊ったのは、このときただ一度あるのみ。ドテラの着流しで小さな舞妓と（この舞妓は特別小さかった）踊ったことがあるだけ。

私はこのとき、酔眼モーローたるなかで一つの美しさに呆気にとられていた。それは舞妓の着物、あの特別なダラリの帯、座敷の中で踊ったりペチャクチャ喋っているときは陳腐で一向に美しいとも思わなかったのだが、ダンスホールの群集にまじると、群を圧して目立つのだ。ダンサアの夜会服などは貧弱極るものに見え、男も女もなべて他の見すぼらしさが確然と目にしみ渡るのである。伝統のもつ貫禄というものを思い知らされたのであるが、それにしても伝統の衣裳をまとう、その内容が空虚では仕方がないので、然し、小さな舞妓のキモノが群集の波を楚々とくぐりぬけて行く美しさは今でも私の目にしみている。

ビール会社征伐

夢野久作

毎度、酒のお話で申訳ないが、今思い出しても腹の皮がピクピクして来る左党の傑作として記録して置く必要があると思う。

九州福岡の民政系新聞、九州日報社が政友会万能時代で経営難に陥っていた或る夏の最中の話……玄洋社張りの酒豪や仙骨がズラリと揃っている同社の編集部員一同、月給がキチンキチンと貰えないので酒が飲めない。皆、仕事をする元気もなく机の周囲(まわり)に青褪めた豪傑面を陳列して、アフリアフリと死にかかった川魚みたいな欠伸をリレーしいしい涙ぐんでいる光景は、さながらに飢饉年の村会をそのままである。どうかして存分に美味い酒を飲む知恵はないかと言うので、出る話はその事バッカリ。そのうちに窮すれば通ずるとでも言うものか、一等呑助の警察廻り君が名案を出した。

今でも福岡に支社を持っている××麦酒会社は当時、九州でも一流の庭球の大選手を網羅していた。九州の実業庭球界でも××麦酒の向う処一敵なしと言う位で、同支社の横に千円ばかり掛けた堂々たる庭球コートを二つ持っていた。

「あの××麦酒に一つ庭球試合を申込んで遣ろうじゃないか」

と言うと、皆総立ちになって賛成した。

「果して御馳走に麦酒が出るか出ないか」

と遅疑する者もいたが、

「出なくともモトモトじゃないか」

と言うので一切の異議を一蹴して、直ぐに電話で相手にチャレンジすると、

「ちょうど選手も揃っております。いつでも宜しい」

と言う色よい返事である。

「それでは明日が日曜で夕刊がありませんから午前中にお願いしましょう。午後は仕事がありますから……五組で五回ゲーム。午前九時から……結構です。どうぞよろしく……」

という話が決定った。麦酒会社でも抜け目はない、新聞社と試合をすれば新聞に記事が出る……広告になると思ったものらしいが、それにしてもこっちの実力がわからないので作戦を立てるのに困ったと言う。

困った筈である。実はこっちでもヒドイ選手難に陥っていた。モトモトテニスらしいものが出来るのは、正直のところ一滴も酒の飲めない筆者の一組だけで、ほかは皆、支那の兵隊と一般、テニスなんてロクに見た事もない連中が吾も吾もと咽喉を鳴らして参加するのだから、鬼神壮烈に泣くと言おうか何と言おうか。主将たる筆者が弱り上げ奉ったこと一通りでない。

「オイ。主将。貴様は一滴も飲めないのだから選手たる資格はない。俺が大将になって遣るから貴様は退け。負けたら俺が柔道四段の腕前で相手をタタキ付けて遣るから。なあ」

と言うようなギャング張りが出て来たりして、主将のアタマがすっかり混乱してしまった。仕方なしにそいつを選手外のマネージャー格に仮装して同行を許すような始末……それから原稿紙にテニス・コートの図を描いて一同に勝敗の理屈を説明し始めたが、真剣に聞く奴は一人もいない。

「やってみたら、わかるだろう」

とか何とか言ってドンドン帰ってしまったのには呆れた。意気既に敵を呑んでいるらしかった。

翌る朝の日曜は青々と晴れたステキな庭球日和であった。方々から借り集めたボロラケットの五、六本を束にした奴を筆者が自身に担いで門を出た時には、お負けなしのところ四条畷に向った楠正行の気持がわかった。それから麦酒会社のコートに来てみると、新しくニガリを打って眩い白線がクッキリと引き廻して在る。その周囲を重役以下男女社員が犇々と取り囲んで、敵選手の練習を見ている処へ乗り込んだ時には、何かなしに全身を冷汗が流れた。早速の機転で、時間がないからと言って、こっちの選手の練習を謝絶した。

作戦として筆者の主将組が劈頭に出た。せめて一組でも倒して置きたい。アワよくば優退を残せるかも知れないと言う、自惚まじりの情ない了簡であったが、見事にアテが外れて、向うも主将の結城、本田というナンバー・ワン組が出て来たのには縮み上った。それだけで手も足も出ないまま三—〇のストレートで敗退した。後のミットモナサ……。あんなにもビールが飲みたかったのかと思うと眼頭が熱くなるくらいである。

先方は揃いの新しいユニフォームをチャンと着ているのに、こちらはワイシャツにセイラ・パンツ、古足袋、汗じみた冬中折れという街頭のアイスクリーム屋式が一番上等で、靴のままコートに上って叱られるもの。派手なメリンスの襦袢（じゅばん）に赤い猿又一つ。西洋手拭の頬冠りというチンドン屋式。中には上半身裸体で屑屋みたいな継ぎハギの襤褸（ぼろ）股引を突込（つっこ）んだ向う鉢巻で「サア来い」と躍り出るので、審判に雇われた大学生が腹を抱えて高い腰掛から降りて来るようなこと。むろんラケットの持ち方なんぞ知っていよう筈がない。サーブからして見送りのストライクばかりで、タマタマ当ったと思うと鉄網越しのホームラン……それでも本人は勝ったのか敗けたのか解らないまま、いつまでもコートの上でキョロキョロしている。悠々とゴム毬（まり）を拾ったり何かしているので、相手がコートに匍（は）い付いて笑っているが、それでもまだわからない。

「ナアーンダイ。敗けたのか」

と頬を膨らましてスゴスゴ引き退るトタンに大爆笑と大拍手が敵味方から一時に湧き返るという、空前絶後の不可思議な盛況裡に、無事に予定の退却となった。

それから予定の通りにコート外の草原の天幕（テント）張りの中でビールと抓（つま）み肴が出た。小使が二人で五十ガロン入の樽を抱えて来た時には選手一同、思わず嬉しそうな顔を見合わせた。同時に主将たる筆者は胸がドキドキとした。インチキが暴露(ばれ)たまま成功したのだから……。

「ええ。樽にすると小さく見えますがね。この樽一つ在れば五十人から百人ぐらいの宴会ならイッモ余りますので……どうぞ御遠慮なくお上り下さい」

と言う重役連の挨拶であったが、サテ、コップが配られると、さあ飲むわ飲むわ。筆者を除いた九名の選手と仮装マネージャーが、文字通りに長鯨(ちょうげい)の百川(ひゃくせん)を吸うが如くである。

「ちょっと、コップでは面倒臭いですから、そのジョッキで……」

と言うなり七合入のジョッキで立て続けに息も吐かせない。

「お見事ですなあ。もう一つ……」

と重役の一人が味方の仮装マネージャーを浴びせ倒しに掛かっていたが、ナカナカ腰が砕けない模様である。そのうちに樽の中が泡ばかりになりかけて来ると、重役連中が一人逃げ二人逃げ、しまいには相手の選手までいなくなって、カンカン日の照る草原に天幕と空樽と、コップの林と、入れ代り立ち代り小便をする味方の選手ばかりになってしまった。中にも仮装マネージャーを先頭にラケットを両手に持った三人が、靴穿きのままコートに上って、

「勝った方がええ。勝った方がええ」

とダンスを踊っている。何が勝ったんだかわからない。苦々しい奴だと思っている筆者を皆して引っぱって、重役室に挨拶に行った。仕方なしに筆者が頭を下げて、

「どうも今日は御馳走様になりまして」

と言って切り上げようとすると、背後から酔眼朦朧たる仮装マネージャーが前に出て来て、わざとらしい舌なめずりをして見せた。銅羅声(どらごえ)を張り上げた。

「ええ。午後の仕事がありませんと、もっとユックリ頂戴したかったのですが、残念です」

と止刺刀(とどめ)を刺した。

しかし往来に出るとさすがに一同、帽子を投げ上げラケットを振り廻して感激した。

「××麦酒会社万歳……九州日報万歳……」

「ボールは子供の土産に貰って行きまアス」

翌日の新聞に記事が出たかどうか記憶しない。

呑仙士

夢野久作

筆者は酒が一滴も飲めないのに、友達は皆酒豪ばかりと言っていい。しかも現代を超越した呑仙士(ノンセンス)ばかりで、奇抜、痛快の形容を絶した逸話をノベツに提供して、筆者の神経衰弱を吹き飛ばしてくれる。

福岡の九州日報社という民政系の新聞社にいる頃、社員で酒を飲まないのは私一人であった。

私と一緒に地方版の編集をやっていた松石という男は、月末近くなると、茶褐色に変色したカンカン帽を持って、一巡する。一銭入れる者もあれば、十銭入れるものも在る。運よく原川社長(旧民政系代議士)が来合わせると五十銭ぐらい入れて貰ったりして感激の涙に咽(むせ)んで帰って来る。

むろんその金で飲みに行くのだ。飲まないと頭が変テコになって仕事が続かないので、止むを得ない義金募集なのだそうだ。

ある時、松石君、大枚三円なにがしを収穫したので、帰り途(みち)のウドン屋に寄って大いに飲んだ。傍(そば)で飲んでいたサラリーマン風の男と非常な親友になって、スッカリ肝胆照してしまった。将来、死生を共にしようと言う処まで高潮したので、とにかく今夜は俺の家に来いと言う事になって、グデングデンになっている奴を引っぱって帰ると、出迎えた細君に残りのバラ銭を一掴み投げ与えた。大至急に酒を命じて二階に上った。

それから二階で又盛んに飲んで、歌って、死生の契りを固めているうちに、とうとう飲み潰れて二人ともグウグウ寝てしまった。

あくる朝松石君が眼を醒ますと、傍に知らない男が寝ている。ハテ、何処の宿屋に泊ったのか知らん……と思って天井や床の間を見廻すと、たしかに自分の家である。

松石君は仰天して二階から駈け降りた。台所で赤ん坊を背負って茶漬を喰っている細君を捕えて詰問した。

「二階の男はアリャ何だい」

細君も仰天した。

「……まあ……アナタ御存じないの」

「知るもんか。あんな奴……」

「あら嫌だ。昨夜（ゆうべ）、貴方が親友親友って言って連れて来て、二階でお酒をお飲みになったじゃないの。そうして仲よく抱き合ってお寝みになったじゃないの」

「馬鹿言え。俺あ今朝初めて見たんだ」

細君は青くなってしまった。

「まったく御存じないの」

「ウン。全く……」

そんな問答をしているうちに、松石君はやっと昨夜の事を思い出したので、思わず頭を掻いて赤面したと言う。

「困るわねえ。貴方にも……まだ寝ているんでしょう」

「ウン。眼をウッスリと半分開いて、気持よさそうに口をアングリしていやがる」

「気色の悪い。早く起してお遣んなさいよ。モウ十時ですよ」

「イヤ。俺が起しに行っちゃ工合が悪い。お前、起して来い」

「嫌ですよ。馬鹿馬鹿しい」

「でもあいつが起きなきゃあ、俺が二階へ上る事が出来ない。洋服も煙草も二階へ置いて来ちゃったんだ」

「困るわねえ」

「弱ったなア」

そのうちに二階の男が起きたらしくゴトゴトと物音がし始めた。

……と思ううちに突然、百雷の落ちるような音を立てて、一気に梯子段を駈け降りた。玄関で自分の靴に足を突込むと、バタバタと往来へ走り出て、いずこともなく消え失せて行った。

夫婦は眼を丸くして顔を見合わせた。

腹を抱えて笑い出した。

「よかったわね、ホホホホ」

「アハハハ。ああ助かった。奴さん気まりが悪かったんだぜ」

「それよりも早く二階へ行って御覧なさいよ。何かなくなってやしないこと……」

松石君の古いカンカン帽が、その日から新しくなった。昨夜の親友が間違えて行ってくれたものだったという話。

同じ社友で、国原三五郎というのがいる。これに準社友の芋倉長江画伯を取り合わせると古今の名コンビで、弥次喜多以上の悲惨事を到る処に演出する。

大正何年であったか正月の三日に、国原がフロックコートで初出社をすると、左手の甲に仰山らしく繃帯をしている。見ると夥しく黒血がニジンで乾干付いている。トテモ痛そうである。

「どうしたんだい。正月匆々……」

と聞いてみると国原は、酒腫れに腫れた赤黒い入道顔を撫でまわした。

「ウン。昨日社長の処で一杯飲んで帰りがけに、芋倉長江が嬉しいと言ってここに喰い付きやがったんだ。俺を西洋の貴婦人と間違えてキッスするのかと思っていたら、飛び上る程痛くなったから大腰で投げ飛ばして遣ったんだ。まだズキズキするが、右手でなくてよかった」

と言って涙ぐんでいる。

そこへ当の芋倉長江画伯が、死人のような青い顔に宗匠頭巾、灰色の十徳という扮装

で茫々然と出社して来た。見ると向う歯が二本、根元からポッキリ折れて妙な淋しい顔になっている。私は驚いて、

「ずいぶん非道く喰い付いたもんだね」

と慰めて？　遣ったら、長江画伯イヨイヨ茫然とした淋しい顔になって眼をパチパチさせた。

「イヤ。これはいつ打たれたのか、わからないのです」

と謙遜？　するのを横合いから国原が引き取った。

「ウン。それは僕が知っとる。僕が君を投げ飛ばして遣ったら、君はイヨイヨ嬉しいと言って横に立っていた電信柱に喰い付きよった。その時に柱に打ち付けて在る針金に前歯が引っかかって折れたんだ。僕は君の熱心なのに感心して見ておったよ」

という話。

トタンに私は酒が飲みたくなった。いまだ嘗て電信柱に喰い付くほど嬉しい眼に合った事がなかったから……。

こまどりと酒

小川未明

夜おそくまで、おじいさんは仕事をしていました。寒い、冬のことで、外には、雪がちらちらと降っていました。風にあおられて、そのたびに、さらさらと音をたてて、窓の障子に当たるのがきこえました。

家の内に、ランプの火は、うす暗くともっていました。そして、おじいさんが、槌(つち)でわらを叩く音が、さびしいあたりに、おりおりひびいたのであります。

このおじいさんは、たいそう酒が好きでしたが、貧しくて、毎晩のように、それを飲むことができませんでした。それで、夜業(よなべ)に、こうしてわらじを造って、これを町に売りにゆき、帰りに酒を買ってくるのをたのしみにしていたのであります。

野原も、村も、山も、もう雪で真っ白でありました。おじいさんは、毎晩根気よく仕事をつづけていたのであります。

こう、雪が降っては、隣の人も話にやってくるには難儀でした。おじいさんは、しんとした外のけはいに耳を傾けながら、「また、だいぶ雪が積もったとみえる」と、独りごとをしました。そして、また、仕事をしていたのであります。

このとき、なにか、窓の障子にきて突きあたったものがあります。雪のかかる音にしては、あまり大きかったので、おじいさんは、なんだろうと思いました。

しかし、こうした大雪のときは、よく小鳥が迷って、あかりを見てやってくることがあるものだと、おじいさんは知っていました。これはきっとすずめか、やまがらが、迷って飛んできたのだろう。こう思って、おじいさんは、障子を開けてみますと、暗い外からはたして、一羽の小鳥がへやのうちに飛び込んできました。

小鳥は、ランプのまわりをまわって、おじいさんが仕事をしていたわらの上に降りて、すくんでしまいました。

「まあ、かわいそうに、この寒さでは、いくら鳥でも困るだろう」と、おじいさんは小鳥に近づいて、よくその鳥を見ますと、それは美しい、このあたりではめったに見られないこまどりでありました。

「おお、これはいいこまどりだ。おまえは、どこから逃げてきたのだ」と、おじいさんは、いいました。

こまどりは、野にいるよりは、たいてい人家に飼われているように思われたからです。おじいさんは、ちょうどかごの空いているのがありましたので、それを出してきて、口を開いて、小鳥のそばにやると、かごになれているとみえてこまどりは、すぐにかごの中へはいりました。

おじいさんは、小鳥が好きで、以前には、いろいろな鳥を飼った経験がありますので、雪の下から青菜を取ってきたり、川魚の焼いたのをすったりして、こまどりに餌を造ってやりました。

こまどりは、すぐにおじいさんに馴れてしまいました。おじいさんは、自分のさびしさを慰めてくれる、いい小鳥が家にはいってきたものと喜んでいました。

明くる日から、おじいさんは、こまどりに餌を造ってやったり、水をやったりすることが楽しみになりました。そして太陽が、たまたま雲間から出て、暖かな顔つきで、晴れ晴れしくこの真っ白い世の中をながめますときは、おじいさんは、こまどりのはいっているかごをひなたに出してやりました。こまどりは不思議そうに、雪のかかった外の景色を、頭を傾けてながめていました。そして日が暮れて、またあたりが物寂しく、暗くなったときは、おじいさんは、こまどりのはいっているかごを家の中に入れて、自分の仕事場のそばの柱にかけておきました。

二、三日すると、こまどりは、いい声で鳴きはじめたのであります。それは、ほんとうに、響きの高い、いい声でありました。

おそらく、だれでも、この声を聞いたものは、思わず、足をとどめずにはいられなかったでしょう。おじいさんも、かつて、こんないいこまどりの声を聞いたことがありませんでした。

ある日のこと、酒屋の小僧が、おじいさんの家の前を通りかかりますと、こまどりの鳴く声を聞いてびっくりしました。それは、主人が大事に、大事にしていた、あのこまどりの声そっくりであったからです。主人のこまどりは、雪の降る朝、子供がかごの戸を開けて逃がしたのでした。

「こんなに、いい声のこまどりは、めったにない」

と、主人は平常自慢をしていました。その鳥がいなくなってから主人は、どんなに落胆をしたことでありましょう。

「どこへ、あの鳥は、いったろう」と、主人は朝晩いっているのでした。

小僧は、思いがけなくこのこまどりの鳴き声を、道を通りすがりに聞きましたので、さっそく、おじいさんの家へやってきました。

「お宅のこまどりは、前からお飼いになっているのでございますか？」と、小僧は、たずねました。仕事をしていたおじいさんは、頭を振って、

「いや、このこまどりは雪の降る、寒い晩に、どこからか、窓のあかりを見て飛んできたのだ。きっとどこかに飼ってあったものが逃げてきたと思われるが、小僧さんになにか心あたりがありますか」と、おじいさんはいいました。

小僧は、これを聞いて、

「そんなら、私の家のこまどりです……」と、彼は、雪の降る日に、子供が逃がしたこと、主人がたいそう悲しがって、毎日いい暮らしていることなどを話しました。

おじいさんは、柱にかかっているこまどりのかごをはずしてきました。

「このこまどりに見覚えがあるか」と、小僧に、たずねました。

小僧は、自分が、朝晩、餌をやったり、水を換えてやったこともあるので、よくその

鳥を覚えていましたから、はたして、そのこまどりにちがいないか、どうかとしらべてみました。すると、その毛色といい、ようすといい、まったく同じ鳥でありましたので、

「おじいさん、この鳥に相違ありません」といいました。

「そんなら、早く、この鳥を持って帰って、主人を喜ばしてあげたがいい」と、おじいさんはいいました。

小僧は、正直なやさしいおじいさんに感心しました。お礼をいって、こまどりをもらって、家から出かけますと、外の柱に酒徳利(さかどくり)がかかっていました。それは、空の徳利でありました。

「おお、おじいさんは、酒が好きとみえる。どれ、主人に話をして、お礼に、酒を持ってきてあげましょう」と思って、小僧は、その空の徳利(とくり)をも、いっしょに家へ持って帰りました。

主人は、いっさいの話を小僧から聞いて、どんなに喜んだかしれません。「おじいさんにこれから、毎日徳利にお酒を入れて持ってゆくように」と、小僧にいいつけました。

小僧は、徳利の中へ酒を入れて、おじいさんのところへ持ってまいりました。

「おじいさん、柱にかかっていた徳利に、お酒を入れてきました。どうか、めしあがってください」といいました。

おじいさんは、喜びましたが、そんなことをしてもらっては困るからといいました。

「私は、町へわらじを持っていって帰りに酒を買おうと思って、徳利を、柱にかけておいたのだ」と、おじいさんはいいました。

小僧は、主人のいいつけだからといって、酒のはいっている徳利をまた柱にかけて、

「おじいさん、酒がなくなったら、やはり、この柱に、空の徳利をかけておいてください」といいました。

おじいさんは、酒が好きでしたから、せっかく持ってきたものをと思って、さっそく、徳利を取ってすぐに飲みはじめたのであります。

酒を飲むと、おじいさんは、ほんとうに、いい気持ちになりました。いくら、家の外で、寒い風が吹いても、雪が降っても、おじいさんは火のかたわらで酒を飲んでいると、暖かであったのです。

酒さえあれば、おじいさんは、寒い夜を夜業までしてわらじを造ることもしなくてよかったので、それから夜も早くから床にはいって眠ることにしました。おじいさんは眠

りながら、吹雪が窓にきてさらさらと当たる音を聞いていたのであります。

明くる朝、おじいさんは、目をさましてから、戸口に出て、柱を見ますと、昨日空の徳利を懸けておいたのに、いつのまにか、その徳利の中には、酒がいっぱい、はいっていました。

「こんなにしてもらっては、気の毒だ」と、おじいさんは、はじめのうちは思いましたが、いつしか毎日、酒のくるのを待つようになって、仕事は、早く片づけて、後は、火のかたわらでちびりちびりと酒を飲むことを楽しみとしたのであります。

ある日のこと、おじいさんは柱のところにいってみますと、空の徳利が懸かっていました。

「これは、きっと小僧さんが忘れたのだろう」と思いました。

しかし、その翌日も、その翌日も、そこには、空の徳利がかかっていました。

「ああきっと、永い間酒をくれたのだが、もうくれなくなったのだろう」と、おじいさんは思いました。

おじいさんは、また、自分から働いて、酒を買わねばならなくなりました。そこで、夜はおそくまで、夜業をすることになりました。

「なんでも、他人の力をあてにしてはならぬ。自分で働いて自分で飲むのがいちばんうまい」と、おじいさんは、知ったのであります。

しばらくたつと、酒屋の小僧がやってきました。

「じつは、せんだってまたこまどりが、どこかへ逃げてしまったのです。もう、ここへはやってきませんか?」といいました。

おじいさんはそれで、はじめてもう酒を持ってきてくれないことがわかったような気がしました。

「どうして、大事なこまどりを二度も逃がしたのですか」と、おじいさんは怪しみました。

「こんどは、主人が、ぼんやりかごの戸を開けたままわき見をしているうちに、外へ逃げてしまったのです」と、小僧は答えました。

「それが、もし、おまえさんが逃がしたのならたいへんだった」と、おじいさんは、笑って、

「どんな人間にも、あやまちというものがあるものだ」といいました。

おじいさんは、毎晩、夜おそくまで仕事をしたのであります。またおりおり、ひどい

吹雪もしたのでした。

おじいさんはうす暗いランプの下で、わらをたたいていました。吹雪がさらさらと、窓に当たる音が聞こえます。

「ああ、こんやのような晩であったな。こまどりが吹雪の中を、あかりを目あてに、飛び込んできたのは」と、おじいさんは独り言をしていました。

ちょうど、そのとき、おりもおり窓の障子にきてぶつかったものがあります。バサ、バサ、バサ……おじいさんは、その刹那、すぐに、小鳥だ……こまどりだ……と思いました。そして、急いで障子を開けてみますと、窓の中へ、小鳥が飛びこんできて、ランプのまわりをまわり、いつかのように、わらの上に降りて止まりました。

「こまどりだ！」と、おじいさんは思わず叫んだのです。

おじいさんは、このまえにしたように、また、かごの空いたのを持ってきて、その中にこまどりを移しました。それから、雪を掘って、青菜を取り、また川魚の焼いたのをすったりして、こまどりのために餌を造ってやりました。

おじいさんは、そのこまどりはいつかのこまどりであることを知りました。

そして、それを、酒屋の小僧に渡してやったら、主人がどんなに喜ぶだろうかということを知りました。

それればかりではありません。おじいさんは、このこまどりを酒屋へやったら、先方は、また大いに喜んで、いままでのように、毎日、自分の好きな酒を持ってきてくれるに違いないということを知りました。

おじいさんは、どうしたら、いいものだろうと考えました。

こまどりは、おじいさんのところへきたのを、うれしがるように見えました。そして、その明くる日からいい声を出して、鳴いたのであります。

おじいさんは、このこまどりの鳴き声を聞きつけたら、いまにも酒屋の小僧が飛んでくるだろうと思いました。

寒い、さびしかった、永い冬も、もうやがて逝こうとしていたのであります。たとえ吹雪はしても、空の色に、はや、春らしい雲が、晩方などに見られることがありました。

「もう、じきに春になるのだ」と、おじいさんは思いました。

山から、いろいろの小鳥が、里に出てくるようになりました。日の光は、一日ましに強くなって、空に高く輝いてきました。おじいさんは、こまどりのかごをひなたに出してやると、さも広々とした大空の色をなつかしむように、こまどりはくびを傾けて、止まり木にとまって、じっとしていました。

「ああ、もう春だ。これからは、そうたいした吹雪もないだろう。昔は広い大空を飛んでいたものを、一生こんな狭いかごの中に入れておくのはかわいそうだ。おまえは、かごから外へ出たいか？」と、おじいさんは、こまどりに向かっていっていました。

こまどりは、しきりに、外の世界に憧れていました。そして、すずめやほかの小鳥が、木の枝にきて止まっているのを見て、うらやましがっているようなようすに見えました。

おじいさんは、酒屋へいってかごの中にすむのと、また、広い野原に帰って、風や、雨の中を自由に飛んですむのと、どちらが幸福であろうかと、小鳥について考えずにはいられませんでした。

また、酒の好きなおじいさんは、この小鳥を酒屋に持っていってやれば、これから毎日自分は、夜業をせずに、酒が飲まれるのだということをも思わずにはいられませんでした。しかし、おじいさんはついに、こまどりに向かって、

「さあ、早くにげてゆけ……そして、人間に捕まらないように、山の方へ遠くゆけよ」

といって、かごの戸を開けてやりました。

もう、気候も暖かくなったのでこまどりは、勇んで、夕暮れ方の空を、日の落ちる方に向かって飛んでゆきました。その後また、吹雪の夜はありましたけれど、こまどりは、それぎり帰ってはきませんでした。

一年の計

佐々木邦

片岡君は又禁酒を思い立った。

思い立つ日が吉日というが、片岡君は然(そ)う右から左へ埒(らち)を明けたがらない。思い立ってから吉日を探し当てるまでに可なり手間がかかる。

「今から禁酒しても来月は小杉君が洋行するから送別会がある。俺は一番懇意だから何うしたって発起人は免れない」

なぞと言って、兎角大切(だいじ)を取る。

「あなたのような方は身投げの決心をしても大丈夫でございますわね」

と細君が冷かす。

「何故？」

「何故って、こんな深いところじゃ迚も助かるまいって先ずお考えになりますわ」

「然うかも知れない。未練があるのさ。子供がないんだから、酒でも飲まなくちゃね」

「ですから是非おやめなさいとは申上げませんよ。適度に召上ったら宜しいじゃございませんか？」

「その適度がむずかしいから一思いにやめようと言うのさ」

「それならおやめなさいませ」

「やめるよ。小杉君の送別会を切っかけに断然やめる」

と力んだのは数月前のことだったが、その小杉君がアメリカへ着かない中にもう撚りが戻って、又やめる必要を認めたのである。片岡君は年に三四回思い立つ。そうして吉日を定めるのに暇が要る代り、後は極めて手っ取り早い。精々一週間だ。二週間と禁酒が続いたことはない。

しかし今回は細君も適度のむずかしいことを承知する理由があったので、

「然う決心して下されば、私も何より安心でございますわ」

と全然悃願的態度を取った。片岡君は禁酒から禁酒までに必ず溝へ落ちる。今度のはそれが少し念入りだったのである。身投げの決心をしても大丈夫なことは細君の保証するところだが、酔っていてお濠へ落ちたのだから危かった。深い浅いを考える余裕がなければ死んでしまうかも知れない。

「未だ決心した次第でもないいんだ」

と片岡君、今回は決心からして手間を取るようだった。

「この間のようなことがありますと、私だって黙っていられませんよ」

「俺もそれを考えているのさ。あれが人通りのないところだったら確かに死んでいる。揚げて貰うまでに相応水を呑んだからね。しかしあの時死んだと思えば、これから先の命は只儲けだとも考えられる」

「人が本気で申上げていれば、あなたは管を巻いていらっしゃるのね？」

「勝手にしろと来たか？」

「いいえ、然うは申上げられませんよ。それは、あなたはお好きなお酒と心中なされば御本望でございましょうが、後で私が困りますよ。貯金は碌すっぽないし、保険には入って下さらないし、何う致します？　お嫁に行きたくたって三十五にもなっちゃ貰って下さる方はありませんよ」

「ツケツケ物を言う女だなあ」

「せめて二三万なくちゃ死んで戴けませんよ」

「二三万円あれば殺す気だな？」

「殺しもしませんが、死んでも困りませんわ」

「金の代りに生きているようなものだね。よしよし、済しくずしに天命を完うする算段をするさ。いよいよ真実にやめるかな」

「今度こそ是非やめて戴きます。これからはお酒を仇と思って戴きましょう」

「ウィスキーに外濠へ突き落されたと思えば仇と考えられないこともないが、俺は武士の子だから、直きに仇に繞り会いたくなる」

「相変らず古い洒落ね。親の仇と思わなくても宜いわ」

「それじゃ人類の敵と思おう。しかし汝の敵を愛せよという宗教もある」

「未練な人ね、余っ程」

「未練はあるが、いよいよ発心すると俺も来年は厄年だ。段々落ちるところが出世するから、この分で行けば今度は大川か海へ落ちるに定っている。俺だって命は惜しい。決心する」

「決心がおつきになったら、善は急げでございます」

「まあ然う急ぐこともない。急いては事を仕損じる」

「いいえ、思い立ったが吉日と申します。今晩はもうそんなに召上ってしまったんですから、明日からおやめ下さい」

「明日からやめても二十五日に忘年会があるぞ。忘年会が。俺は幹事だ」

と片岡君はお株を始めた。宴会には必ず幹事か発起人を承わっている。到底飲み頭だ。決心から実行までの期間、片岡君はこれがこの世の飲み納めという考えがあるから無制限に飲む。細君も好きなお酒をやめてくれるのかと思えば気の毒が先に立つ。死刑囚には望み通り叶えてやるのが人情の自然で、機嫌好く飲ませる。片岡君は或はこの辺の兵法を弁(わきま)えていて時々発心するのかも知れない。兎に角忘年会まで一週間大いに飲んだ上に忘年会で又大いに飲んだ。幸い何処へも落ちずに家へ帰り着いたのは腰が立たなくなって自動車に乗って来たからだった。

「お尚や、今夜は飲むよ」

とその翌晩片岡君が晩酌を要求した時、細君は、

「あなた、それはお約束が違いますよ」

と無論反省を促した。

「年の暮は半端でいけない。来年からやめる。此年は何うせ飲んだんだから、このまま完全に飲んでしまって、年が改まってから綺麗さっぱりとやめる」

「仕様のない方ね」

「二十年来飲んだ酒だ。昨日の今日と然う手の平を返したようにやめちゃ人情に背くよ。これから大晦日までゆっくり名残りを惜しませておくれ。お前だって二十年もつけ続けた白粉をやめるとなったら、少しは未練が出るだろう？」

と片岡君は理窟を言い出した。

「白粉とお酒とは違いますわ」

「品物は違っても道理は同じことだ。そんな不景気な顔をしていないで早く出しなさい」

「それなら真実にお正月からやめて下さいますか？」

「やめるとも。来年は厄年だ。頼まれても飲まない。今度のは真剣だから、自然こんなに大切(だいじ)を取るのさ」

「それじゃ大晦日までお上りなさいませ。丁度それぐらい残って居りますわ」

と細君はなまじ争って来年も飲むなぞと旋毛（つむじ）を曲げられては困ると思ったから、快く晩酌を許した。

　これで片岡君は数日の小康を得た。

「斯う念を入れて置けば未練もなくなる」

　と言って毎晩余命を楽しんだ。大晦日には日頃好む肴を悉皆（すっかり）用意させて、宵の口から十二時まで飲み続けた。

「これが人生最後の盃だ」

　といよいよお積りに達した時除夜の鐘が鳴り始めた。

「お名残り惜しゅうございましょう」

　と細君が笑った。

「いや、今度は決心が堅い。俺も酒では長いことお前に苦労をかけた。いよいよこの一杯で永遠の禁酒だ。赤誠（せきせい）を示すぞ」

　と片岡君は飲み乾（ほ）して盃を膳の上へ置くが早く、火箸を取って叩き破（わ）った。

「まあ、そんなことをなさらなくても宜しいじゃございませんか？」

「いや、これぐらいやらないと未練が残る。今度は本気だ。二十年来の問題を解決してしまう」

「その意気込みなら大丈夫でございましょう。私も安心致しました」

と細君は嬉しがった。片岡君は人生最後の酒を酌む為めに愛玩（あいがん）の逸品を使ったのである。それを破ったのだから無論誠意はあった。のみならず今回は思い立つ日が元日に当る。これぐらい吉日はない。

一夜明けても、片岡君の決心は堅かった。

「お屠蘇（とそ）のないお正月は初めてでございますわね」

と細君の方が手持ち無沙汰だった。吉例でも蟻の穴になるといけないと言って、主人公自ら然う手筈を極めて置いたところは用意周到真に見上げたものである。

「しかし家よりも外が大切だ。正月は何処でも勧めるからね」

と片岡君はその辺も疾うに考えていた。

「御年始は、名刺丈け置いて簡単になすったら宜しゅうございましょう」

「然うばかりも行かないが、何あに、決心さえ堅ければ大丈夫さ」

「それでも禁酒をなさるには一番悪い時機でございますわね。三ヵ日は何処へいらしってもお酒が出ますから」

　と細君は内心危んだ。

「然ういう誘惑の多い時の方が却って意志の鍛錬になるよ」

「会社が始まりますと、又新年宴会がございましょうね？」

「ある。しかし今度は幹事じゃない」

「三ヵ日とその宴会でございますわね」

「然うさ。それを突破すれば後は当分寛ろげる。大丈夫だよ。今までは恐れていたからいけない」

　と片岡君は悉皆作戦計画を立てていた。

　それで雑煮丈け祝って年始廻りに出掛けた時も堅い決心だった。二三軒は細君の入れ智恵通り、そっと名刺を置いて逃げ出した。しかしこれでは稍々卑怯だと思った折から飲み友達の津田君の玄関で主人公とバッタリ顔を合せてしまった。

「さあ、上り給え。吉例だ」

「一寸失敬しようか」

　と片岡君は度胸試しという気もあった。

「幾つになっても正月は好いものだね。今日はゆっくりやろうじゃないか？」

と津田君はもう少し召上っていた。

「好い色をしているね」

と片岡君は褒めた。早速禁酒の決心を発表する積りだったが、相手のほろ酔い機嫌を見て取って差控えたのである。

「朝っぱらから大ビラに飲めるところが元日の功徳さ。唯年を取る丈けの分なら何にも面白可笑しいことはない」

「それも然うだな」

「僕は今君の来るところを二階から見ていたんだよ。これぞ好き敵御参(ござん)なれとね」

「道理でうまく捉まった」

「覚悟をし給え。その代り明日は此方から押しかけて行く」

「待っているよ」

と尚お胆力を試している中に奥さんがお膳を運んで来た。正月は何処でも支度がしてあるから手っ取り早い。

「吉例だ。屠蘇から先になさい」

と津田君が命じた。

片岡君は発表が後れると共に、

「仮りに今から禁酒するとしても……」

と考え始めて、

「……明日明後日は来客があるに定っているし、その先に新年宴会というど豪い奴が控えている。無論決心は堅い。今更翻すのではない。交際上拠ろなく延すのだ。何も元日早々ここの奥さんに恥をかかせることはない」

と次いで度胸を据えたから、
と奥さんに勧められた時、

「何うぞお一つ」

「恐れ入ります」

と受けて少しも悪びれた様子を見せなかった。

片岡君は朝から鎧を着たような重苦しい気分に圧迫されていたが、今やそれが取れて悉皆寛ろいだ。元日が元日らしくなって来た。新年宴会までだと思えば心に疚しいところもなく、年礼にも励みが出て、それから三四軒廻った。最後に佐原君の家を辞したのは夜の十時過ぎだった。

「停留場まで送ろうか？」

と佐原君が言ったけれど、

「いや、大丈夫だ」

と片岡君は答えた。朝の大丈夫とは大丈夫が違う。

「兎に角その角まで送ろう」

と佐原君は責任を感じて門までついて来た。

「いや、真実（ほんとう）に大丈夫だ。明日待っているぜ。津田君も堀川君も来る。有難う」

と謝して、片岡君は歩き出した。案外足取りが確かだったので佐原君は安心して引っ込んだ。

片岡君は酒を過すと種々の芸当を演じる。

「もしもし、彼処の停留場までは未だ余程ありますか？」

と少時（しばらく）の後、酔歩蹣跚（すいほまんさん）として通行人に訊いたのはその序曲だった。

「停留場は彼方（あっち）ですよ。此方へお出になると遠くなるばかりです」

とその人が笑いながら教えてくれた。

「遠いのは苦にならない」

「でも此方には停留場はありませんよ」

「なくても宜い。一緒に参りましょう」

と片岡君は追い縋った。

「駄目ですよ。遠くなるばかりですよ」

と親切な人は片岡君を捉まえて、停留場の方へ振り向けて小突いてくれた。

「野郎！　覚えていろよ！」

と片岡君は憤ったけれど、

「遠いのは苦にならないが、道の駄々っ広いのに弱る」

と言いながら、そのまま引き返し始めた。

そこは実際広いことは広い往来で、両側に街路樹が植えてあった。片岡君はそれを一本々々千鳥にかけて道幅を測るから、益々広きを覚える。可なり歩いた積りだけれど、容易に停留場へ出ない。

「広いにも広いが遠いにも遠い」

と街路樹の柵に凭れて、暫時休憩と定めた。

「何うかなさいましたか？」

と通り合せた人が寄って来た折、片岡君は唸っていた。

「出られない。何うしても出られない」

「出られないことはないです」

「いや、どうしても出られない」

と片岡君は泣き声を出したが、何処へも入っているのではない。柵に捉まって一本の樹の周囲を外から四角にグルグル廻っているのだった。

「大分酔っていますな」

と通行人は片岡君を柵から引き放して、

「何処へいらっしゃる？」

「家へ帰る」

「お家は何処です？」

「余計なお世話だ」

と極めつけて、片岡君は又道幅を測り始めた。それでも本性違わず、漸次停留場へ近づく。

「何うしても通れない」

と呟いて竟に立ち止まった時、片岡君は電信柱と睨みっこをしていた。片岡君が右へ避けると電信柱が右へ寄った。左から抜けようとすると又左へ動いた。

「一体何本あるんだろう？」

と大地に坐って眺め入っている中に睡気を催して横になった。直ぐ側が溝だ。片岡君はもう少しのところまで漕ぎつけた。

幸いそこへ巡査が廻って来て、

「もしもし」

と揺り覚してくれた。

「何だ？」

「何だじゃありません。ここは往来ですぞ」

「往来だ？」

と片岡君は欠伸をした。可なり長く寝ていたと見えた。

「もう大分更けていますから、早くお家へお帰りなさい」

「…………」

「もう寝ちゃいけません。お宅まで送りましょう。何処ですか？」

と巡査は片岡君を扶け起そうとした。

「赤坂だ」

「遠方ですな。もう電車はない。何うです？　俥を呼んで来て上げますから、大人しく帰って下さい」

「帰る」

と片岡君はそのまま又寝てしまった。

元日の深更に俥屋は客待ちをしていない。巡査は俥屋を叩き起すのに手間を取った。矢張り酔っていて出渋るのをお願い申して現場へ来て見ると、片岡君は溝の中で鼾をかいていた。

「旦那、これは御免蒙りますよ。溝に落ちているんじゃ少し話が違います」

と俥屋はプリプリした。

「いや、先刻（さっき）は落ちていなかったんだ。まあ、揚げてやってくれ」

と巡査も持て余した。

「厄介な野郎だな」

と舌打ちをして、俥屋は片岡君を引き揚げた。片岡君は嚔（くしゃみ）をしたから死んでいるのではなかった。

「俺はこれで御免蒙りますよ」

と俥屋は逃げようとした。

「まあ待ってくれ、何うにかなるまいか？」

「辿も駄目です。この通り溝泥だらけですから、俥が汚れて明日の商売に差支えます」

「君のところに荷車があるだろう？」

「ありますが、俺も未だ荷車を引くほど落ちぶれない積りです」

「まあまあ、何とかそこのところを都合つけてくれ。この通りもう腰が立たないんだから、打っ棄って置けば凍え死んでしまう」

と巡査が尚お悃願したので、俥屋も到頭納得した。

間もなく荷車が来て、片岡君は扶けられながらそれへ這い上った。

「実に臭いな」

「臭いですよ。お歯黒溝ですからな」

と巡査と俥屋は片岡君のマントの裾で手を拭いた。

「旦那、赤坂は何の辺ですえ？」

と俥屋が行先を確かめたら、旦那さまは懐中(ふところ)から年賀の名刺を出して振り撒くほどに分別がついていた。

「宜しく頼むよ」

と巡査が俥屋に言った。

「済まない」

と片岡君は忽ち荷車の上に起き直った。

「矢っ張り本性違わずだな」

と巡査は先刻からの親切を謝されたと思って嬉しがったが、片岡君は、

「しかし新年宴会までは飲ませておくれ」

と細君のことを考えていたのだった。

「へん、こんなになっても未だ飲む算段をしていなさるか？」

と笑って、俥屋は荷車を持ち上げた。弾みを食って片岡君は仰向けに倒れたが、そのまま又寝てしまった。

その頃片岡夫人は女中と交代に門口を出たり入ったりしていた。夕刻主人が戻らなかった時、これはもう禁酒が破れたものと察したが、十時十一時と音沙汰がなかったの

で不安を催した。それでも最初の中は、

「清や、旦那さまは又溝へでも落ちたんだよ。あんなに溝の好きな人はないからね」

と強いことを言って高を括っていた。それから十二時までには、

「清や、私、気が気じゃないよ。まさかお濠じゃあるまいと思うけれども」

と自動車の音が聞える度毎に門へ出て見た。一時近くになった時、

「真実に人の心も知らないで……」

と細君はもう居ても立ってもいても落ちつかなかった。大川じゃなかろうかとまで考えたのである。

一時半になった。世間は森閑と静まった。もう自動車も通らない。

「奥さま、旦那さまが……荷車で……」

と突然女中が門のところから喚いた。

「はっ！」

と細君は膝についていた両手を辷らせた。同時に、

「大変ですよ」

と呼ぶ俥屋の声が聞えた。てっきり電車に轢かれたと思い込んで駈け出て見ると、主

人公が荷車の上で動いていた。

「お怪我は？」

と恐ろしく甲走(かんばし)った。

「怪我はありません。溝の中に寝ていなすったんで」

と俥屋は片岡君の襟首に手をかけた。

「まあ宜うございましたわね」

と細君は扶け下そうとした。

「うっかり触れませんよ。糸蚯蚓(いとみみず)がついていますぜ」

と俥屋は爪弾(つまはじ)きをしたが、細君は溝へ落ちて貰ってこんなに嬉しかったことはなかった。

或一頁

林芙美子

空気の湿った日とか、雨の降りこめる夜などは妙に口の中が乾いて来る。水とか酒とかではおさまりそうもないシゲキがほしくなる。そんな時に孤独でかたむける酒の味は仲々よろしい。酒に呑まれてしまって、不断のたしなみを忘れてしまうような荒さびた酒は感心しない。酒は荒さびた時に呑むのはもったいないような気がする。酒を呑んでトウゼンとなりまなこを閉じると大黒様のような顔や、サンタクロースのような顔が浮んで来るようになるのが好きだ。「ほろ酔いの人生」という活動か何かの言葉があったが、全く小酌（こじゃく）の気分のなかには心を染めるようなよいものがある。

五六年も前、私は浅草が好きで、よく一人で浅草へ出かけたものだが、来々軒だかの看板に「随時小酌」という言葉があった。随時小酌という言葉に見惚れ、何彼につけてこの「随時小酌」は大切なよい言葉だと心に銘じている。酒も随時小酌がいい。二十歳前後にはこの随時小酌の味は判りかねるかもしれないが、自分で働いてみたひとには、この言葉は味なものに違いない。

酒をたしなむには随時小酌にかぎる。私は孤独で呑む酒も好きだが三四人の気のあった男友達と手が盃へひとりでに進んでゆくような愉しい酒も好きだ。女のひととの酒は酒が重苦しくて仕方がない。私はかつて女の酔っぱらいにめぐりあったことはないが、女が酔っぱらうと酒についての修行が（大酒を呑むの意にあらず）ついていないので、二三盃でひざを崩してしまい二合位も呑むと大の字になるのがある。そんなのは真平（まっぴら）ごめんだ。

不思議に女の酒呑みははしゃいで来てすぐ座を立ったり坐ったりする。酒を呑んだらあんまり座を立たない方がいい。酔いが早くまわってみぐるしくなる。宴会なぞで正直に酒を呑む位ばかばかしく厭なものはない。酔った気分というのは、酒を呑んだ後ではなくて、呑む前の気持ちがいいのだ。酒をすこしも呑まない女のひとが、酒の座でトウゼンとした顔をしているのは仲々いいものだと思う。

昔私も荒びた酒を呑んだが、いまでは美味い酒を呑みたいから荒さびるのがもったいなくなった。五勺(しゃく)の酒でおつもり、それもこのごろはめったに呑まない。食前に、葡萄(ぶどう)酒をすこしのむのは巴里(パリ)時代のくせがのこっていて、いまだにつづけているが、日本酒には息があるのか、飲みたい日や飲みたくない日があって、むらな気持ちだ。家でひとりでのむ酒は、いま賀茂鶴という広島の酒を呑んでいる。柔かくて、秋の菊のような香りがして、唇に結ぶと淡くとけて舌へ浸みて行く。

ウイスキーがいいとか、葡萄酒がいいとかいっているけれども、洋酒の酔いざめはすこしかさかさしている。さらりとした洋酒もいいが、日本酒の味は一つの芸術だと考える。千も万もいいつくせない風趣がある。

埃(ほこり)のたつ晩春頃のビールの味も無量だが、秋から冬へかけての日本酒の味は素敵だ。肴(さかな)は何もいらない。下手になまぐさいものを前へ置くと盃がねばってしまう。

簡素な酒になりきらねば嘘だ。眼ざわりになる道具はすべて眼に見えぬ所へかたづけてしまって、軒端を渡る風や木の葉や渡り鳥を眺めての酒は理想だが、都会に住んでいるとピアノも聴えて来る。ガスの音もする、ラジオも辛いが仕方がないだろう。

田家暑を避くるの月
斗酒誰と共にか歓ばん。
雑々として山果を排し
疎々として酒罇を囲む。
蘆筍将って席に代へ
蕉葉且く盤に充つ
酔後頤を搘へて坐すれば
須弥（山の名）も弾丸より小なり。

寒山詩になかにこのような一章があるが私はこの詩のような簡素な酒が好きだ。酔後、頤をささえて坐れば、須弥山も小さく見える愉しさ、酒の理想はここに尽きる。

旅をして、宿屋へ着いた時の侘しさは何ともいいようがないが、夕食の前に五勺ほど地酒をつけて貰うのは指の骨を鳴らしたくなる。地酒の味というものは、その土地土地にぴったりしていて美味い。十和田の蔦の湯で味った名なしの酒もいまだに忘れがたい。蔦の湯のおばさんはまだ元気だろうか。余材庵の軒に渡る風もなつかしいおもいでだ。

信州のえんぎという地酒も舌にリンと浸みてうまかった。

何よりかなしいのは東京の酒だろう。どこの料理屋でも美味い酒を出さない。とくに洋食屋の酒ときたら飲む方が辛い。

これから寒くなって、屋台のおでん屋へ首をつっこんで熱いのをつけてもらうのは一寸よろしい。人目がない折をはかって裾を風に吹かせながらあわてて滴（しずく）まで吸いこむ酒は長生きしたいと不図（ふと）思う位たのしい。大酒をしないで小酌の酒をたしなんでいると、きめが細かになって身体も元気だ。

酒を呑むと重宝なお面がかぶれるので、興が乗れば、唄もうたえる。——勿論、眉をしかめるような人の前ではぴたりとかまえてみせている。

私の父親は非常な酒好きで、子供の私に酒をかけた茶漬けを食わせるような乱暴なところがあったせいか、酒は見るのも厭だった。それが何時の間にか、酒の風趣を愛するようになり、小酌家の私を世間では大酒飲みのようにみてしまっている。私は小酌家で大酒家ではない。

酒についてザンゲを何か書かなければならないのだろうけれど、酒についてはザンゲすべき思い出もない。私の仲のいい友人は、林芙美子は酒を飲むと虚（きょ）がなくなるという。

酒については私は自信があるから、(自慢にもならないが) けっして軀(からだ)を崩さないからだろう。そのかわり無理をして坐っていただけに、朝になるとへとへとになってしまう。そうして、心中ひそかに無理な酒呑みどもを軽蔑するのだ。荒さびた酒位不潔なものはない。酔後、悪魔の出て来るような酒はきらいだ。須弥山も小さくなるようなキガイのある酔いぶりのうまい御仁ならよい。たいていは、眼を宙に浮せて女子供に見せられないような風体になる。

煙草はぷっつり止めて三ケ月になるが、酒だけはぷっつりとはいえない。煙草を無理強いする人はないが盃の無理強いは度々なのでつい手を出してしまう。それも何度となく重なると「厭な奴だな」と思う。

酒好き位しつっこく友達をほしがるものもないし、淋しがりやは他に類がないだろう。飲んでいい気持ちになれば唄もうたいたくなり、唄の一つもきかせたくなる。人が恋しい。あたりまえのことだが、私はうるさくなる酒や後をひく汐どきのにぶい酒は辛くて仕方がない。

本当の酒飲みじゃないのだ。酒の宴が果てるとやれやれとほっとする——この頃だと、牡蠣や松茸が眼につく。ひとちょこいいだろうなとは思うが、一人で料理屋ののれんをくぐるほど、酒についての恋慕の心はない。酒は呑んでも呑まないでもの気持ちで、はなはだ重宝な年配だ。酒がほしかったら、台所でひとちょこ冷で飲むとしょぎょうむじょうがおさまってしまう。女中がニヤニヤ笑っている。こっちもニヤニヤ笑いながら台所をしている。実際何が欲しいというわけじゃなし、小さなこんな愉しみでトウゼンとしているのだから、私の有終の美感も安全至極なのだ。自分が働いて自分が愉しむ、全く須弥山じゃないが、男の顔がぼやぼやと小さく見える時がある。怖いものがなくなる。こんな酒は酒がさめてもまぶしくない。

異国食餌抄

岡本かの子

夕食前の小半時（こはんとき）、巴里（パリ）のキャフェのテラスは特別に混雑する。一日の仕事が一段落ついて、今少しすれば食欲三昧の時が来る。それまでに心身の緊張をほぐし、徐（おもむ）ろに食欲に呼びかける時間なのだ。どのテーブルにもアペリチーフの杯（さかずき）を前にした男女が仲間とお喋りするか、煙草の煙を輪に吹きながら往来を眺めたりしている。フランス人特有の身振の多い饒舌（じょうぜつ）の中にも、この時許（ばか）りはどこかに長閑（のどか）さがある。アペリチーフは食欲を呼び覚ます酒——男は大抵エメラルド・グリーンのペルノーを、女は真紅のベルモットを好む。新鮮な色彩が眼に、芳醇な香が鼻に、ほろ苦い味が舌に孰（いず）れも魅力を恣（ほしいまま）にする。

午後七時になるとレストラントの扉が一斉に開く。誰が決めたか知らない食道法律が、この時までフランス人の胃腑に休息を命じている。

　フランス人は世界中で一番食べ意地の張った国民である。一日の中で食事の時間を何より大切な時間と考えている。傍で見ていると、何とも云えず幸福そうに見える。それは味覚の世界に陶酔している姿に見える。恐らく大革命の騒ぎの最中でも、世界大戦の混乱と動揺の中でも、食事の時だけはこういう態度を持ち続けたであろう。

　巴里のレストラントを一軒一軒食べ歩くなら、半生かかっても全部廻れないと人は云っている。いくらか誇張的な言葉かとも聞えるが、或は本当かも知れない。日本では震災後、東京に飲食店が夥しく殖えたが、それは飲食店開業が一番手早くて、どうにかやって行けるからだと聞いた。然し巴里のレストラントの数は東京の比ではない。それは東京に於けるような経済的理由からではなくて、もっと他に深い理由がありはしないだろうか。兎に角中流以下のレストラントには必ず何人かの常客がいて、毎日同じテーブルに同時間に同じ顔を見ることが出来る。私のような外国人でも二三日続けて行くと「あなたのナプキンを決めましょうか」と聞く。ナプキンを決めておけば食事毎にその洗濯代として二十五サンチームぐらいの小銭を支払わなくても済むからである。

　ルクサンブルグ公園にある上院の正門の筋向いにあって、議場の討論に胃腑を空にした上院議員の連中が自動車に乗る面倒もなく直ぐ駈けつけることの出来るレストラン・フォワイヨ、マデレンのくろずんだ巨大な寺院を背景として一日中自動車の洪水が渦巻いているプラス・ド・マデレンの一隅にクラシックな品位を保って慎ましく存在するレストラン・ラルウ、そこから程遠くないグラン・ブールヴァルの裏にある魚料理で名を売っているレストラン・プルニエール、セーヌ河を距ててノートルダムの尖塔の見える鴨料理のツールダルジャン等一流の料理屋から、テーブルの脚が妙にガタつき縁のかけたちぐはぐの皿に曲ったフォークで一食五フラン（約四十銭）ぐらいの安料理を食べさせる場末のレストラントまで数えたてたら、巴里のレストラントは一体何千軒あるか判らない。

牛の脊髄のスープと云ったような食通を無上に喜ばせる洒落た種類の料理を食べさせる一流の料理店から葱のスープを食べさせる安料理屋に至るまで、巴里の料理は値段相当のうまさを持っている。たとえ、一皿二フランの肉の料理でも、十分に食欲と味覚は満足させてくれる。

所謂美食に飽きた食通がうまいものを探すのは中流の料理屋に於てである。巴里の料理屋にはどこにも必ずその家の特別料理と称するものが二三種類ある。美食探険家はこういう中流料理屋のスペシャリテの中に思わぬ味を探し当てることがあるという。

巴里に行った人で一度はレストラン・エスカルゴの扉を排しないものはないであろう。エスカルゴとは蝸牛(かたつむり)のことで、レストラン・エスカルゴは蝸牛料理で知られている店である。この店も一流料理屋の列に当然加わるべき資格を持っている。

一体蝸牛は形そのものが余りいい感じのものではない。而もその肉は非常にこわくて弾力性に富んでいる。これを食べるには余程の勇気がいる。フランス人に云わせれば牡蠣だって形は感じのいいものではない。ただ牡蠣は水中に住み、蝸牛は地中に住んでいるだけの相違だ。人間が新しい食物に馴れるまでには蝸牛に対するのと同じ気味悪さを経験したに違いないと主張する。云われて見ればそうかも知れないが、日本人にとっては無気味此上(このうえ)もないものである。

蝸牛はどれでもこれでも食べられるのではなくて、レストラン・エスカルゴ等で食べさせるのはブルゴーニュという地方で産するものである。この地方に産するものが一番旨いものとされている。

食用蝸牛の養殖は一寸(ちょっと)面倒な事業だそうである。その養殖場には日蔭をつくるための樹林と湿気を呼ぶ苔とが必要である。市場に売り出すものは子供でなくてはならないので、一年に一度子供を親から別居させなければならない。そして蝸牛の需要は秋から冬にかけてであるため、その頃になると蝸牛は土の中にもぐってしまうから、養殖者は丁度芋を掘るように木の棒で掘り出さなければならない。掘り出したものは何度も何度も洗ったり泥を吐かせたりしなければならぬ。寒い季節になると巴里の魚屋の店頭にはこうして産地から来た蝸牛が籠の中を這い廻っている。

蝸牛料理はまだ一種類しかない。それは蝸牛の肉を茹でて軟かくしたものを上等のバタと細かく刻んだ薄荷（はっか）とをこね合せたものと一緒にして殻に詰めるだけのことである。然しこの簡単な料理にもなかなか熟練を要するという。蝸牛の季節には巴里のレストラントのメニュウには大抵それが載っている。或る養殖家の話では巴里で一年に食べられる蝸牛の数は約七千万匹で、それを積み重ねると巴里の凱旋門よりも高くなるというから大したものである。

蛙を食べ始めたのもフランス人だと聞いた。食用蛙は近来日本でも養殖されるが、本場のフランスに於てさえまだなかなか普遍的な食物とはなっていないようだ。その点から云えば蛙より蝸牛の方が遥かに優っている。蛙料理は上等のバタでフライにしてトマトケチャップをかけて食べる。上等のバタを使うので、出来上りがねっとりしていて些か無気味に感ぜられる。蛙は寧ろラードのようなものでからりと揚げた方があっさりしていてよくはないだろうか。

蛙や蝸牛などのグロテスクなものを薄気味悪い思いをしてまで食べなくとも、巴里には甘い料理がいくらもある。

ラングストと云っている大きな蝦の味は忘れかねる。これは地中海で獲れる蝦で、塩茹にしてマヨネーズソースをつけて食べる。伊勢蝦よりもっと味が細かい。芝蝦より稍々大きいラングスチンと呼ぶ蝦は鋏を持っている。鋏を持っている蝦は一寸形が変っていて変だが、これがまたなかなかうまい。殊にオリーブ油で日本式の天麩羅にするといい。

日本は四方海に囲まれているから海の幸は利用し尽している筈だが、たった一つフランスに負けていることがある。それは烏貝がフランス程普遍的な食物になっていないことだ。日本では海水浴場の岩角にこの烏貝が群っていて、うっかり踏付けて足の裏を切らないよう用心しなければならない。あんなに沢山ある貝が食べられないものかと子供の時によく考えたことだが、それがフランスへ行って、始めて子供の時の不審を解決することが出来た。烏貝はフランス語でムールと云う。このムールのスープは冬の夜など夜更しして少し空腹を感じた時食べると一等いい。

日本に始めて渡来した西洋料理がポークカツレツ——通称トンカツであったかどうかは知らないが、西洋にいても日本人はよくこのトンカツを食べたがる。ところがこのトンカツなるものが西洋の何処へ行っても一向見当らないので失望する人が多い。イギリスのレストラントへ行ってメニュウを探して見るとポークカツレツというのがあるから、喜んで注文するとそれはわれわれの予期するカツレツではなくて日本の所謂ポークチャップであった。トンカツは英語と考えている人があると見える。倫敦(ロンドン)で会った人の話に、その人もトンカツを英語とばかり思っていたので、レストラントへ行ってトンカツレツをくれと云ったがどうしても通じないで非常に弱ったそうだ。

トンカツに巡り会わない日本人はようやくその代用品を見つけて、衣を着た肉の揚物に対する執着を充たすだけで我慢しなければならぬ。それは犢(こうし)の肉のカツレツである。フランスではコトレツ・ミラネーズと云い、ドイツではウィンナー・シュニッツレルと云う。

フランス人はその名の示すようにこの料理を伊太利(イタリア)ミラノのコトレツと考え、ドイツ人は墺太利(オーストリア)の首府ウィーンの料理と考えているらしい。差当ってこの両都市で本家争を起すべきである。コトレッ・ミラネーズとウィンナー・シュニッツレルの異るところは前者は伊太利風のマカロニかスパゲチを付け合せとして居り、後者が馬鈴薯(じゃがいも)を主な付け合せとしていることで、そこに両本家の特色を表わしている。

百円紙幣

梅崎春生

酒癖なんて言うものは、その人の身についたものでなく、ちょいとしたことで変化するものですねえ。何かの機会で酔い泣きをすると、それが癖になってしばらく泣き上戸(じょうご)になったり、それからいつの間にか怒り癖がついて怒り上戸になったり、そんな具合に一定のものではないようです。

今から二十年ばかり前、僕がかけ出しのサラリーマンの頃、妙な酒癖が僕にとりついたことがあります。どんな癖かと言うと、酔って戻って来て、部屋のあちこちに紙幣や銀貨をかくすと言う癖なのです。

どうしてこんな困った癖がついたか。

　ある夜、おでん屋でいっぱい傾けながら、連れの同僚が僕にこんなことを言いました。物を拾う話から、このような話になったんです。

「この間の大みそかは実にうれしかったねえ」

「何を拾ったんだい？」

　と僕は訊ねました。

「拾ったわけじゃないんだがね」

　同僚は眼を細めて、たのしげな声を出しました。

「日記帳の大みそかの欄をあけて見たら、そこに十円紙幣がはさまっていたのさ」

「へえ。そいつはどう言うわけだね。誰がはさめて呉れたんだい？」

「誰もおれなんかにはさめて呉れないよ。はさんだのはおれ自身らしいのだ」

「君が？」

「そうなんだよ。酔っぱらって、はさんだらしいんだ」

　この同僚も酒好きで、泥酔するたちで、僕同様まだ独身でした。

「どう言うわけではさんだか、もちろんおれは覚えてないが、大みそかになって、夜ひとり静かに日記帳を開く。すると思いもかけぬ十円紙幣が出て来る。そこでおれはあっと驚き、かつ喜ぶ。その驚きと喜びを、酔っぱらったおれが期待したらしいのだね。つまりこれは、酔っぱらいのおれから、素面（しらふ）のおれへの、暮れのプレゼントなんだろうと思うんだが、どうだね」

なるほどねえ、僕はすっかり感服した。感服のあまりに、僕にそれと同じ酒癖がついてしまったと言うわけです。酔っぱらって戻ってから、なるほどあの話は面白かったなあ、おれもひとつやって見よう、素面のおれは実にしょんぼりして可哀そうだからなあ、ひとつここに五円紙幣をはさんで置いてやるか、てな具合にかくしてしまうらしい。らしいと言うのは、素面の時にはその時のことがよく思い出せないからです。

僕も同僚に劣らぬ酒好きで、酒を味わう方でなく、ひたすら酩酊（めいてい）するたちで、しかも酩酊すると前夜の記憶をさっぱり失ってしまうたちでした。金かくしの好条件が具っていたというわけです。

その頃僕は独身で、アパートに一部屋を借りて住んでいました。月給は八十円か八十五円、今の金に直して三万四、五千円ぐらいなものですか。アパート代は月十四、五円です。時勢とは言いながら、今のサラリーマンにくらべて、比較にならぬほど豊かでした。だから、毎日ではないが、週に二度ぐらいはラクに飲める。飲んで紙幣をかくす余裕もあったのも当然です。

　で、その頃から、僕の部屋のあちこちから、たとえば押入れの中の夏服の胸ポケットから、風邪薬の袋の中から、硯箱の硯の下から、ありとあらゆる突拍子もないところから、一円紙幣だの五十銭銀貨などが、ぽっかりと発見される、と言うようなことが起きて来ました。机の裏に五円紙幣が押しピンでとめてあるのを、偶然な機会に発見したこともあります。しかしたいていは小額紙幣や銀貨で、何故そういうことになるかと言えば、十円紙幣などはかくしても、翌朝眠が覚めて在り金を勘定する。いくら飲んだくれでも、おでん屋なんかで飲む分では、一晩に十円も使う筈はないのですから、はぁあ、昨夜かくしやがったな、と気が付く。そしてあちこち探し廻って、しらみつぶしに探し廻って見つけてしまうということになるのです。十円紙幣を探し廻っているついでに、五十銭玉を三個も四個もおまけに発見することなどもあって、たのしいと言えばたのしいようなもんですが、とにかくそれは困った酒癖でした。

　古雑誌をクズ屋に売り払う時でも、一応全頁をめくってしらべないと、はさんだまま売ってしまうおそれがある。油断もすきもないのだから、かないません。

　月末になって、金がなくなる。いっぱいやりたい。どこかにかくれてやしないかと、部屋中を探し廻って、一枚の五十銭銀貨すら見付け出せなかった時の空しさ、侘(わび)しさ、哀しさは、これはもう言語に絶しました。そんな時には素面の僕は、飲んだくれの僕を、呪う気持にすらなるのです。

「チェッ。こんな時のために、五円紙幣一枚ぐらい、かくして置いたってよさそうなもんじゃないか。一体何をしてやがんだい！」

酔っぱらったら必ずかくすと言うんじゃなく、酔っぱらった時の気分や、持ち金の多寡、その他いろいろの条件がそろった時、初めてかくそうと言う考えを起すらしい。だから、何時でも、部屋の中のどこかに、金がかくされているわけではありません。だからこんな具合に、すっぽかされることも、度々あるのです。

しかしこれは、別に他人に迷惑をかける悪癖じゃありませんから、特別に努力して矯正しようとも思ってなかったのですが、その酒癖のために、僕はある時大損害を受けるということになりました。以下がその話です。

ある晩友達と一緒に飲み、れいの如く酔っぱらって、ひとりでアパートに戻って来た。ずいぶん飲んだので、翌朝は宿酔の状態で眠が覚めた。枕もとにゃ洋服やネクタイ類が、脱ぎ捨てられたまま散乱しています。僕は痛む頭をやおらもたげ、不安げに上衣を引寄せた。内ポケットから袋を引っぱり出し、逆さにしました。

「おや。おかしいぞ」

僕はおろおろ声で呟き、あわててあたりを見廻しました。

「一枚足りないぞ。また昨夜かくしやがったのか」

袋と言うのはボーナス袋で、ないと言うのは百円紙幣のことなのです。昨日二百五十余円のボーナスを貰い、百円紙幣が二枚入っていた筈なのに、今朝袋から出て来たのは、百円紙幣が一枚だけで、あとは十円や五円が数枚。昨夜ハシゴで飲んで廻ったとは言え、百円紙幣に手がつく筈は絶対になかったのです。

「まさか落したんじゃないだろうな。落したとすればたいへんだぞ」

百円紙幣は、今の金に直すと、四万円ぐらいにでも当るでしょうか。その値打において、今の五千円紙幣の七、八枚分に引合うでしょう。いくらのんきな僕でも、さすがに顔があおくなって、眼がくらくらするような気分でしたねえ。

早速僕は電話で会社に、病気で欠勤する旨を伝え、痛む頭を押さえながら、直ちに百円紙幣探しに取りかかりました。十円紙幣や五円紙幣なら、ボーナスの翌日のことですから、いずれどこからか出て来るだろうと、笑って放って置けるが、百円紙幣となればそうは行かない。かくしたのか落したのか、はっきりさせて置かないことには、何にも手がつきません。

それに僕の給料は八十円そこそこなんですから、百円紙幣にお眼にかかれる機会はほとんどなく、それ故に実際以上に貴重に思われるのでした。探す手付きに熱意がこもったのも、当然と言えるでしょう。

そしてその百円紙幣は見付かったか。

午前中潰しての探索も、ついに効は奏さず、とうとうその百円紙幣は発見されなかったのです。たかが六畳の部屋で、独身者だから荷物も多くはない。午前中かければ、もう探すところはなくなってしまうのです。洗濯して行李にしまってあった足袋の中から、五十銭銀貨が二枚ころがり出ただけで、肝腎(かんじん)の百円紙幣はついにどこにも発見されませんでした。

「ああ。何たることだ!」

僕は天井を仰いで、がっかり声を出した。

「折角二枚貰ったのに、残るはこれ一枚になってしまった」

残る一枚を大切そうに撫でながら、僕は痛嘆しました。実際昔の百円紙幣は、今の四万円分だけあって、実にどっしりして威厳がありましたねえ。表には聖徳太子と夢殿の図。『此券引換に金貨百円相渡可申候』という文字。裏には法隆寺の全景が印刷してあります。眼をつむれば今でも、その模様や字の形が、瞼の裡にありありと浮んで来るほどです。紛失したんだから、なお一層記憶が鮮明であるのかも知れません。

でも、百円紙幣がなくなったからって、そう何時までも大の男が、嘆き悲しんではいられない。忘れてしまうというのではないが、その嘆きも時が経つにつれ、だんだん薄れて行ったようです。

そして二箇月ほど後、僕はこのアパートから、食事付きの下宿に引越すことになりました。アパートは食事付きでないので、月給を貰うと、ついゴシゴシと飲み過して、月末には飯代にも窮するということになり勝ちです。下宿なら金がなくなっても、飯だけは食わせて呉れますからねえ。

下宿に移ってから四箇月経って、次の賞与、つまり暮れのボーナスですな、それが出ることになりました。額は前期に毛の生えた程度です。

その晩僕は同僚たちとあちこち飲み廻り、いい気持に酩酊、十二時過ぎに下宿に戻って参りました。どっかと机の前に坐り、ボーナス袋から紙幣を取出した。その百円紙幣を一枚つまみ上げたとたん、僕の手は僕の意志に反して、と言うより手自身が意志を持っているかのように、狐の手付きのような妙な動き方をしたのです。僕はびっくりして、自分に言いました。

「おい。どうしたんだい？」

すると手の動きは、はたととまった。（ここらは酩酊していて、翌朝のぼんやりした記憶ですから、たいへんあやふやです）

「へんだねえ」

ふたたび僕は僕に言いました。

「何かやりたいんじゃないか。やりたいように、やってみたらどうだい」

何か微妙な感覚が僕の内部にひそんでいて、それがしきりに僕をうながすらしい。僕はそれを探りあてるために、

「こうして」

「こうやって」

「次にはこうやって」

と呟きながら、その感じを確かめようとすると、僕は自然にそのまま立ち上り、百円紙幣を四つに折り、ふらふらと部屋の隅に歩き、自然と背伸びの姿勢となった。紙幣をつまんだ指が、鴨居(かもい)にかかりました。紙幣をその溝に押し込もうとするようです。

「なるほど」

一種の譫妄(せんもう)状態での動作だし、どうもぼんやりしている。それから僕は机の前に戻って来て、はげしいねむ気を感じたが、必死の努力で机上の紙片に今のことを書きつけたらしいのです。素面の僕に知らせようとしたのか、そこらは全然はっきりしない。漠として、夢魔におそわれたようです。

で、翌朝、宿酔の状態でぼんやりと眼が覚めました。見ると机上の紙に、字がぬたくってある。ははあ、何か書いてあるな。何度も指でなぞって見て、やっと判読出来ました。

『カモイの中に百円札かくした』

昨夜の動作が、その文字の意味から、漠とした形ですが、端から少しずつつながるようにして、思い出されて来ました。僕はふらふらと立ち上って、鴨居を探ると、はたして四つ折りの百円紙幣がそこから出て来た。

「どうもおかしいぞ」

百円紙幣をつまんで寝床に戻った時、ある荒涼たる疑念が、突然僕の胸につき上げて来ました。酔っぱらって百円紙幣をつまんだ。条件反射的に鴨居にかくした。これは一体どう言うことなのか。深層心理に埋もれていたものが、酩酊時に百円紙幣に触れたとたんによみがえり、それを素面の僕に知らせるために、僕にそんな動作を取らせたのではないか。

「あのアパートの部屋には、鴨居に溝があったかどうか？」

あのアパートでの百円紙幣探しで、自分の荷物は丹念に点検したけれども、鴨居のことには注意が向かなかったことを、僕はぱっと思い出したのです。

「しまったなあ。どうすればいいか」

溝があったとすれば、その中に百円紙幣がかくされている可能性は充分にある。しかしあの部屋には、もう他人が住んでいる。おいそれと入ってのぞいて見るわけには行かない。泥棒と間違えられる。と言って、五円や十円ならあきらめるけれど、ことは百円紙幣だ。月給を上廻る額の紙幣が、あの部屋の鴨居に、現実に眠っているかも知れぬ。現在の住人も、一々鴨居の中まで調べはしないだろうから（調べる必要はないわけだから）百円紙幣があそこに温存されている可能性はたいへん多い。僕は声には出さず、自問自答しました。お前はどうする？　あきらめるか。放って置くか。お前に放って置けるか。いいか。百円だぞ。汗水出して働いた一箇月の給料より多いんだぞ。しかももともと、お前の所有物なんだぞ。誰のものでもない。お前の金なんだぞ。どうする？

とにかくその男と、いや、女である可能性もある。その人物と、どういう方法かで、近づきになる必要がある、と僕は思いました。

アパートは下宿と違って、鍵がかかるのですから、その鍵を持った当人に近づかねば、あの部屋には入れない。

で、僕は勤めの余暇、休日などを利用して、調査を開始しました。あの鴨居に四つ折りの百円紙幣が入っているとして、百円紙幣に脚は生えていないのだから、逃げたり消失したりするわけはない。だから、急がなくてもいいようなものの、やはり早くカタをつけた方がいい。無ければ無いでいいから、気持をはっきりさせたい。こう言う気持、お判りでしょうねえ。

西木東夫。これがあのアパートの部屋の住人の名でした。齢は僕より三つか四つ上。

勤め先は市役所の会計課です。西木がこの部屋の住人となったのは、僕が引越して三日目のことで、当分あの部屋から引越すつもりはないらしい。と言うのは、アパートの管理人に訊ねてみたら、なかなか居心地の良い部屋だと、西木は満足しているとの答だったのです。満足しているとすれば、当分引越しはしないでしょう。引起しするんだったら、も一度僕があの部屋を借りてもいい、そう思ったんですがねえ。

以下、管理人からそれとなく聞き出したことと、僕が尾行したりして調べたことをないまぜにすると、西木はたいへん几帳面(きちょうめん)な性格で、会計課なんかには打ってつけな性質で、毎日の生活も判でも押したようにきまっている。朝出て行く時間や、夜戻って来る時間も、特別の場合をのぞいて、五分と狂いがない程です。食事は外食で、アパートの近くに大野屋と言う安食堂があり、朝と夕方はそこで食事をするのです。調査の関係上、僕も西木と並んで飯を食べてみましたが、なにしろ定食が朝が十銭、昼と夕が十五銭というのですから、たいへん安い。したがって味の方はあまり上等ではありません。そして毎日の献立がほとんど変化がなく、よく毎日々々ここに通って、同じものを食っておられるなと、ちょっと感心させられる程でした。几帳面な性格だからして、西木は飯の食べ残しなんかしない。一粒残さず食べてしまう。食べ終ると、パチンと銅貨を置き、背を丸めてとっとと出て行く。西木は背が高かった。五尺八寸はあったでしょう。背が高いから、あんな猫背になるのでしょう。

背が高いと言う点で、僕はちょっと心配でした。背が高けりゃ高いほど、鴨居には近くなるわけですからねえ。

酒はどうかって？

その点僕もよく観察したのですが、西木も酒は好きらしい。好きらしいけれども、ケチなのか、あるいは給料がすくないのか、度々は飲まないようです。二週間に一度だけ、それも土曜日だけで、勤め先の近くででも飲んで来るのか、大野屋に入って来る時刻が、二時間やそこらは遅れる。赤い顔をして入って来て、定食を注文する。定食の前に一本つけさせることもあったようです。

西木に近づきになるためには、この土曜日を利用するのが最上だ。僕はそう考えました。酒と言うものは、見知らぬ同士をよく仲良しにさせますからね。それに僕らは、もう見知らぬ同士じゃなかった。調査の関係上、僕はよく大野屋に出入りして、飯を食ったり酒を飲んだりしていたので、向うでも僕の顔を覚え込んだようでした。話こそしたことはないが、向い合って飯を食ったこともあるのですから、顔ぐらい覚えるのは当然でしょう。

そしてある土曜日、僕は大野屋におもむき、ちびちびと盃(さかずき)をかたむけながら、西木東夫が入って来るのを待っていました。大野屋のお銚子は、一本二十銭でした。シメサバなんかを肴に、ちびちびやっていると、のれんを肩でわけるようにして、猫背の西木が入って来ました。予期した通り、顔が赤くなっています。時刻が遅いので、他にお客は一人もいませんでした。

僕の斜め前に腰をおろすと、西木はちらと僕の方を見ました。僕の前にはもうお銚子が四本も並んでいます。西木はそれを見て、定食を注文しようか、それとも一本つけさせようかと、ちょっと迷ったらしいのです。そこで僕はすかさず、酔っぱらい声で話しかけました。

「どうです?」

僕は盃を突き出しました。

「一杯行きませんか」

西木は面くらったように眼をぱちぱちさせましたが、少しは酒が入っていることとて、すぐに乗って来ました。

「そうですな。いただきますか」

西木は席を僕の前にうつし、女中を呼んで、自分のお銚子と肴を注文しました。

「寒いですなあ。お酒でも飲まないと、やり切れないですなあ」

「そうですね。帰っても待っているのは、つめたい蒲団だけですからねえ」

と僕は相槌（あいづち）を打ちました。

「あなたもお独りですか」

「そうですよ。アパート暮しですよ」

「そうですか。僕も以前アパートに住んでたこともあるが、アパートは下宿より寒々しいですな」

僕は西木に酒を注いでやりました。

「どちらのアパートです?」

西木はアパートの名を言いました。僕はわざとびっくりしたような声を出しました。

「へえ。僕もそのアパートに住んでいたことがあるんですよ」

「ほう。どの部屋ですか」

「二階の六号室です」

「ほう」

今度は西木がびっくり声を出した。

「僕が今住んでいるのは、その部屋なんですよ」

「それはそれは」

僕は眼を丸くして、また西木に盃をさしました。

「奇遇と言いますか。ふしぎな御縁ですなあ」

「ほんとですねえ」

同じ部屋に住んだという因縁だけで、西木はとたんに気を許したらしいのです。いっぺんに隔てが取れて、西木は急におしゃべりになりました。もちろん僕も。

部屋の話から管理人の話、勤め先の話から月給の話などに立ち入る頃には、僕らの卓にはもう十本ほども並んでいました。僕は作戦上、自分はあまり飲まず、もっぱら西木に飲ませるようにと心がけたので、西木もすっかり酩酊したようでした。

そろそろ看板の時間が近づいたので、僕は手を打って女中を呼び、いち早く十円紙幣を出して、勘定を済ませてしまいました。几帳面な性格だから、西木はしきりに割勘を主張して、

「そりゃ悪いよ。僕も出すよ」

と言い張りましたが、

「いいんだよ。お近づきのしるしだから、いいんだよ」

と僕は無理矢理に西木を納得させました。

それから二人は大野屋を出て、ぶらぶらとアパートの方に歩き出しました。西木は酒に強いようで、あれほど飲ませたのに、あまり足もふらついていないようです。

アパートの前にたどりつくと、僕は帽子に手をかけて、

「では」

と言うと、こちらの作戦通り、儀礼的にでしたが西木は僕を呼びとめました。

「ちょっと寄って、お茶でも飲んで行かないか」

「そうだねえ」

僕は考えるふりをして、それから答えました。

「じゃ寄らせて貰うか。昔の部屋も見たいから」

靴を脱いで階段を登り、西木のあとについて部屋に入る時、僕の胸はわくわくと高

鳴った。ちらと見上げると、ちゃんと鴨居に溝がついているではありませんか。

「ちょっと待ってて呉れ給え」

西木は外套も脱がず、薬罐を下げて廊下に出て行きました。部屋の中に水道がないので、洗面所まで汲みに行ったのです。

「今だ！」

僕はぱっと壁にへばりつき、鴨居の溝をさぐり始めました。ずうっとさぐって行くと、東北隅の溝のところで、ぐしゃっと指に触れたものがある。僕の心臓はどきりと波打ちました。

「しめた。あったぞ」

声なき声を立てて、それをつまみ出すと、驚いたことにはそれは百円紙幣でなく、数枚の十円紙幣でした。その時入口のところから、僕の背中めがけて、つめたい声が飛んで来た。

「君はそれを取るために、今日僕に近づいて来たのか！」

いっぺんに空気がひややかになって、緊張が部屋いっぱいに立ちこめました。僕は西木をにらみながら、指先で十円紙幣の枚数を読んだ。それは五枚ありました。

「あれをくずして、五十円使ったのは君か！」

僕も低い声で言い返しました。

「あれは君の金ではない筈だぞ」

「しかしここはおれの部屋だぞ」

西木はめらめらと燃えるような眼で、僕をにらみ据えた。

「おれの部屋の中で勝手なことをする権利は、君にはない。家宅侵入罪で告発するぞ」

「じゃ出て行きゃいいんだろ。出て行きゃ」

僕は五枚の十円紙幣を、そろそろと内ポケットにしまい込みました。

「そのかわり、この五十円は、僕が貰って行くぞ」

西木は何か言い返そうとしたが、思い直したらしく、空の薬罐を持ったまま、じりじりと部屋に上って来た。二人はレスリングの選手のように油断なくにらみ合ったまま、ぐるぐると部屋を廻った。そして僕は扉のところに、西木はその反対側に位置をしめたのです。僕は声に力をこめた。

「では、帰らして貰うぞ。あばよ」

うしろ向きのまま、僕は廊下に出た。そろそろと扉をしめました。階段の方に歩きながら、追っかけて来るかなと思ったが、西木はついに追っかけて来ませんでした。そして僕は無事に靴をはき、寒夜の巷(ちまた)に出ました。

百円紙幣の話は、これでおしまいです。とうとう百円紙幣は取り戻せず、半額だけが僕の手に戻って来た。

でも、あの鴨居の中の百円紙幣を、どうやって西木は見付け出したのだろう。その疑問は二十年経った今でも、僕の頭に残っています。鴨居の溝なんかのぞき込むなんてことは、なかなかない筈のもんですがね。

偶然の機会に百円紙幣を発見、そして西木は金に困る度に少しずつ使ったのではないか、と僕は想像しています。丁度半金使い果たした時に、僕があらわれたと言うわけでしょう。ちゃんとおつりを元の鴨居に隠して置くところに、彼の几帳面さがあったわけでしょう。その几帳面のおかげで、僕は半金を取り返せたのですから、むしろ僕は感謝すべきだったのかも知れません。

酒虫

芥川龍之介

一

近年にない暑さである。どこを見ても、泥で固めた家々の屋根瓦が、鉛のように鈍く日の光を反射して、その下に懸けてある燕（つばめ）の巣さえ、この塩梅（あんばい）では中にいる雛や卵を、そのまま蒸殺してしまうかと思われる。まして、畑と云う畑は、麻でも黍（きび）でも、皆、土いきれにぐったりと頭を下げて、何一つ、青いなりに、萎（しお）れていないものはない。その畑の上に見える空も、この頃の温気（うんき）に中（あ）てられたせいか、地上に近い大気は、晴れながら、どんよりと濁って、その所々に、霰（あられ）を炮烙（ほうろく）で煎ったような、形ばかりの雲の峰が、つぶつぶと浮かんでいる。――「酒虫」の話は、この陽気に、わざわざ炎天の打麦場へ出ている、三人の男で始まるのである。

不思議な事に、その中の一人は、素裸で、仰向けに地面へ寝ころんでいる。おまけに、どう云う訳だか、細引で、手も足もぐるぐる巻にされている。が格別当人は、それを苦に病んでいる容子もない。背の低い、血色の好い、どことなく鈍重と云う感じを起させる、豚のように肥った男である。それから手ごろな素焼の瓶が一つ、この男の枕もとに置いてあるが、これも中に何がはいっているのだか、わからない。

もう一人は、黄色い法衣を着て、耳に小さな青銅の環をさげた、一見、象貌の奇古な沙門である。皮膚の色が並はずれて黒い上に、髪や鬚の縮れている所を見ると、どうも葱嶺の西からでも来た人間らしい。これはさっきから根気よく、朱柄の麈尾をふりふり、裸の男にたかろうとする虻や蠅を追っていたが、さすがに少しくたびれたと見えて、今では例の素焼の瓶の側へ来て、七面鳥のような恰好をしながら、勿体らしくしゃがんでいる。

あとの一人は、この二人からずっと離れて、打麦場の隅にある草房の軒下に立っている。この男は、頤の先に、鼠の尻尾のような髯を、申訳だけに生やして、踵が隠れるほど長い皁布衫に、結目をだらしなく垂らした茶褐帯と云う拵えである。白い鳥の羽で製った団扇を、時々大事そうに使っている容子では、多分、儒者か何かにちがいない。

この三人が三人とも、云い合せたように、口を噤んでいる。その上、碌に身動きさえもしない。何か、これから起ろうとする事に、非常な興味でも持っていて、そのために、皆、息をひそめているのではないかと思われる。

日は正に、亭午であろう。犬も午睡をしているせいか、吠える声一つ聞えない。打麦場を囲んでいる麻や黍も、青い葉を日に光らせて、ひっそりかんと静まっている。それから、その末に見える空も、一面に、熱くるしく、炎靄をただよわせて、雲の峰さえもこの旱に、肩息をついているのかと、疑われる。見渡した所、息が通っているらしいのは、この三人の男のほかにない。そうして、その三人がまた、関帝廟に安置してある、泥塑の像のように沈黙を守っている。……

勿論、日本の話ではない。――支那の長山と云う所にある劉氏の打麦場で、ある年の夏、起った出来事である。

二

裸で、炎天に寝ころんでいるのは、この打麦場の主人で、姓は劉（りゅう）、名は大成（たいせい）と云う、長山では、屈指の素封家（そほうか）の一人である。この男の道楽は、酒を飲む一方で、朝から、ほとんど、盃を離したと云う事がない。それも、「独酌する毎に輒（すなわち）、一甕（いちおう）を尽す」と云うのだから、人並をはずれた酒量である。もっとも前にも云ったように、「負郭（ふかく）の田三百（でんさんびゃく）畝（ぼう）、半は黍を種う」と云うので、飲のために家産が累（わずら）わされるような惧（おそれ）は、万々ない。

それが、何故、裸で、炎天に寝ころんでいるかと云うと、それには、こう云う因縁がある。――その日、劉が、同じ飲仲間の孫先生と一しょに（これが、白羽扇（はくうせん）を持っていた儒者である。）風通しのいい室（へや）で、竹婦人（ちくふじん）に靠（もた）れながら、棋局を闘わせていると、召使いの丫鬟（あかん）が来て、「ただ今、宝幢寺（ほうどうじ）とかにいると云う、坊さんがお見えになりまして、是非、御主人にお目にかかりたいと申しますが、いかが致しましょう」と云う。

「なに、宝幢寺？」こう云って、劉は小さな眼をまぶしそうに、しばたたいたが、やがて、暑そうに肥った体を起しながら、「では、ここへお通し申せ」と云いつけた。それから、孫先生の顔をちょいと見て、「大方あの坊主でしょう」とつけ加えた。

宝幢寺にいる坊主と云うのは、西域から来た蛮僧である。これが、医療も加えれば、房術も施すと云うので、この界隈では、評判が高い。たとえば、張三の黒内障が、忽ち、快方に向ったとか、李子の病閹が、即座に平癒したとか、ほとんど、奇蹟に近い噂が盛に行われているのである。——この噂は、二人とも聞いていた。その蛮僧が、今、何の用で、わざわざ、劉の所へ出むいて来たのであろう。勿論、劉の方から、迎えにやった覚えなどは、全然ない。

　序に云って置くが、劉は、一体、来客を悦ぶような男ではない。が、他に一人、来客がある場合に、新来の客が来たとなると、大抵ならば、快く会ってやる。客の手前、客のあるのを自慢するとでも云ったらよさそうな、子供らしい虚栄心を持っているからである。それに、今日の蛮僧は、この頃、どこでも評判になっている。決して、会って恥しいような客ではない。——劉が会おうと云い出した動機は、大体こんな所にあったのである。

「何の用でしょう」

「まず、物貰いですな。信施でもしてくれと云うのでしょう」

　こんな事を、二人で話している内に、やがて、丫鬟の案内で、はいって来たのを見ると、背の高い、紫石稜のような眼をした、異形な沙門である。黄色い法衣を着て、その肩に、縮れた髪の伸びたのを、うるさそうに垂らしている。それが、朱柄の麈尾を持ったまま、のっそり室のまん中に立った。挨拶もしなければ、口もきかない。

劉は、しばらく、ためらっていたが、その内に、それが何となく、不安になって来たので「何か御用かな」と訊いて見た。

すると、蛮僧が云った。「あなたでしょうな、酒が好きなのは」

「さよう」劉は、あまり問が唐突なので、曖昧な返事をしながら、救を求めるように、孫先生の方を見た。孫先生は、すまして、独りで、盤面に石を下している。まるで、取り合う容子はない。

「あなたは、珍しい病に罹ってお出になる。それを御存知ですかな」蛮僧は念を押すようにこう云った。劉は、病と聞いたので、けげんな顔をして、竹婦人を撫でながら、

「病――ですかな」

「そうです」

「いや、幼少の時から……」劉が何か云おうとすると、蛮僧はそれを遮って、

「酒を飲まれても、酔いますまいな」

「……」劉は、じろじろ、相手の顔を見ながら、口を噤んでしまった。実際この男は、

いくら酒を飲んでも、酔った事がないのである。

「それが、病の証拠ですよ」蛮僧は、うす笑いをしながら、語をついで、「腹中に酒虫がいる。それを除かないと、この病は癒りません。貧道は、あなたの病を癒しに来たのです」

「癒りますかな」劉は思わず覚束なそうな声を出した。そうして、自分でそれを恥じた。

「癒ればこそ、来ましたが」

するると、今まで、黙って、問答を聞いていた孫先生が、急に語を挿んだ。

「何か。薬でもお用いか」

「いや、薬なぞは用いるまでもありません」蛮僧は不愛想に、こう答えた。

孫先生は、元来、道仏の二教をほとんど、無理由に軽蔑している。だから、道士とか僧侶とかと一しょになっても、口をきいた事は滅多にない。それが、今ふと口を出す気になったのは、全く酒虫と云う語の興味に動かされたからで、酒の好きな先生は、これを聞くと、自分の腹の中にも、酒虫がいはしないかと、いささか、不安になって来たのである。所が、蛮僧の不承不承な答を聞くと、急に、自分が莫迦にされたような気がしたので、先生はちょいと顔をしかめながら、また元の通り、黙々として棋子を下しはじめた。そうして、それと同時に、内心、こんな横柄な坊主に会ったり何ぞする主人の劉を、莫迦げていると思い出した。

劉の方では、勿論そんな事には頓着しない。

「では、針でも使いますかな」

「なに、もっと造作のない事です」

「では呪ですかな」

「いや、呪でもありません」

こう云う会話を繰返した末に、蛮僧は、簡単に、その療法を説明して聞かせた。――それによると、ただ、裸になって、日向にじっとしていさえすればよいと云うのである。劉には、それが、はなはだ、容易な事のように思われた。そのくらいの事で癒るなら、癒して貰うのに越した事はない。その上、意識してはいなかったが、蛮僧の治療を受けると云う点で、好奇心も少しは動いていた。

そこでとうとう、劉も、こっちから頭を下げて、「では、どうか一つ、癒して頂きましょう」と云う事になった。――劉が、裸で、炎天の打麦場にねころんでいるのには、こう云う謂れが、あるのである。

すると蛮僧は、身動きをしてはいけないと云うので、劉の体を細引で、ぐるぐる巻にした。それから、僮僕(どうぼく)の一人に云いつけて、酒を入れた素焼の瓶を一つ、劉の枕もとへ持って来させた。当座の行きがかりで、糟邱(そうきゅう)の良友たる孫先生が、この不思議な療治に立会う事になったのは云うまでもない。

酒虫と云う物が、どんな物だか、それが腹の中にいなくなると、どうなるのだか、枕もとにある酒の瓶は、何にするつもりなのだか、それを知っているのは、蛮僧のほかに一人もない。こう云うと、何も知らずに、炎天へ裸で出ている劉は、はなはだ、迂濶なように思われるが、普通の人間が、学校の教育などを受けるのも、実は大抵、これと同じような事をしているのである。

三

暑い。額へ汗がじりじりと湧いて来て、それが玉になったかと思うと、つうっと生暖く、眼の方へ流れて来る。生憎、細引でしばられているから、手を出して拭う訳には、勿論行かない。そこで、首を動かして、汗の進路を変えようとすると、その途端に、はげしく眩暈がしそうな気がしたので、残念ながら、この計画もまた、見合せる事にした。その中に、汗は遠慮なく、眶をぬらして、鼻の側から口許へまわりながら、頤の下まで流れて行く。気味が悪い事夥しい。

それまでは、眼を開いて、白く焦された空や、葉をたらした麻畑を、まじまじと眺めていたが、汗が無暗に流れるようになってからは、それさえ断念しなければならなくなった。劉は、この時、始めて、汗が眼にはいると、しみるものだと云う事を、知ったのである。そこで、屠所の羊の様な顔をして、神妙に眼をつぶりながら、じっと日に照りつけられていると、今度は、顔と云わず体と云わず、上になっている部分の皮膚が、次第にある痛みを感じるようになって来た。皮膚の全面に、あらゆる方向へ動こうとする力が働いているが、皮膚自身は、それに対して、毫も弾力を持っていない。それでどこもかしこも、ぴりぴりする――とでも説明したら、よかろうと思う痛みである。これは、汗どころの苦しさではない。劉は、少し蛮僧の治療をうけたのが、忌々しくなって来た。

しかし、これは、後になって考えて見ると、まだ苦しくない方の部だったのである。――そのうちに、喉が渇いて来た。劉も、曹孟徳か誰かが、前路に梅林ありと云って、軍士の渇を医したと云う事は知っている。が、今の場合、いくら、梅子の甘酸を念頭に浮べて見ても、喉の渇く事は、少しも前と変りがない。頤を動かして見たり、舌を噛んで見たりしたが、口の中は依然として熱を持っている。それも、枕もとの素焼の瓶がなかったら、まだ幾分でも、我慢がし易かったのに違いない。所が、瓶の口からは、芬々たる酒香が、間断なく、劉の鼻を襲って来る。しかも、気のせいか、その酒香が、一分毎に、ますます高くなって来るような心もちさえする。劉は、せめて、瓶だけでも見ようと思って、眼をあけた。上眼を使って見ると、瓶の口と、鷹揚にふくれた胴の半分ばかりが、眼にはいる。眼にはいるのは、それだけであるが、同時に、劉の想像には、その瓶のうす暗い内部に、黄金のような色をした酒のなみなみと湛えている容子が、浮んで来た。思わず、ひびの出来た唇を、乾いた舌で舐めまわして見たが、唾の湧く気色は、更にない。汗さえ今では、日に干されて、前のようには、流れなくなってしまった。

するとはげしい眩暈が、つづいて、二三度起った。頭痛はさっきから、しっきりなしにしている。劉は、心の中でいよいよ、蛮僧を怨めしく思った。それからまた何故自分ともあるものが、あんな人間の口車に乗って、こんな莫迦げた苦しみをするのだろうとも思った。そのうちに、喉は、ますます、渇いて来る。胸は妙にむかついて来る。もう我慢にも、じっとしてはいられない。そこで劉はとうとう思切って、枕もとの蛮僧に、療治の中止を申込むつもりで、喘ぎながら、口を開いた。――

　すると、その途端である。劉は、何とも知れない塊が、少しずつ胸から喉へ這い上って来るのを感じ出した。それがあるいは蚯蚓のように、蠕動しているかと思うと、あるいは守宮のように、少しずつ居ざっているようでもある。兎に角ある柔らかい物が、柔らかいなりに、むずりむずりと、食道を上へせり上って来るのである。そうしてとうとうしまいに、それが、喉仏の下を、無理にすりぬけたと思うと、今度はいきなり、鰌か何かのようにぬるりと暗い所をぬけ出して、勢いよく外へとんで出た。

　と、その拍子に、例の素焼の瓶の方で、ぽちゃりと、何か酒の中へ落ちるような音がした。

　すると、蛮僧が、急に落ちつけていた尻を持ち上げて、劉の体にかかっている、細引を解きはじめた。もう、酒虫が出たから、安心しろと云うのである。「出ましたかな」劉は、呻くようにこう云って、ふらふらする頭を起しながら、物珍しさの余り、喉の渇いたのも忘れて、裸のまま、瓶の側へ這いよった。それと見ると、孫先生も、白羽扇で日をよけながら、急いで、二人の方へやって来る。さて、三人揃って瓶の中を覗きこむと、肉の色が朱泥に似た、小さな山椒魚のようなものが、酒の中を泳いでいる。長さは、三寸ばかりであろう。口もあれば、眼もある。どうやら、泳ぎながら、酒を飲んでいるらしい。劉はこれを見ると、急に胸が悪くなった。……

四

蛮僧の治療の効は、覿面(てきめん)に現れた。劉大成は、その日から、ぱったり酒が飲めなくなったのである。今は、匂いを嗅ぐのも、嫌だと云う。ところが、不思議な事に、劉の健康が、それから、少しずつ、衰えて来た。今年で、酒虫を吐いてから、三年になるが、往年の丸々と肥っていた俤(おもかげ)は、どこにもない。色光沢(いろつや)の悪い皮膚が、脂じみたまま、険しい顔の骨を包んで、霜に侵された双鬢(そうびん)が、わずかに、顳顬(こめかみ)の上に、残っているばかり、一年の中に、何度、床につくか、わからないくらいだそうである。

しかし、それ以来、衰えたのは、劉の健康ばかりではない。劉の家産もまたとんとん拍子に傾いて、今では三百畝を以て数えた負郭の田も、多くは人の手に渡った。劉自身も、余儀なく、馴れない手に鋤(すき)を執って、佗しいその日その日を送っているのである。

酒虫を吐いて以来、何故、劉の健康が衰えたか。何故、家産が傾いたか――酒虫を吐いたと云う事と、劉のその後の零落とを、因果の関係に並べて見る以上、これは、誰にでも起りやすい疑問である。現にこの疑問は、長山に住んでいる、あらゆる職業の人々によって繰返され、かつ、それらの人々の口からあらゆる種類の答を与えられた。今、ここに挙げる三つの答も、実はその中から、最も、代表的なものを選んだのに過ぎない。

第一の答。酒虫は、劉の福であって、劉の病ではない。偶々、暗愚(あんぐ)の蛮僧に遇ったために、好んで、この天与の福を失うような事になったのである。

第二の答。酒虫は、劉の病であって、劉の福ではない。何故と云えば、一飲一甕を尽すなどと云う事は、到底、常人の考えられない所だからである。そこで、もし酒虫を除かなかったなら、劉は必ず久しからずして、死んだのに相違ない。して見ると、貧病、迭(かたみ)に至るのも、むしろ、劉にとっては、幸福と云うべきである。

第三の答。酒虫は、劉の病でもなければ、劉の福でもない。劉は、昔から酒ばかり飲んでいた。劉の一生から酒を除けば、後には、何も残らない。して見ると、劉は即酒虫、酒虫は即劉である。だから、劉が酒虫を去ったのは自ら己を殺したのも同然である。つまり、酒が飲めなくなった日から、劉は劉にして、劉ではない。劉自身が既になくなっていたとしたら、昔日(せきじつ)の劉の健康なり家産なりが、失われたのも、至極、当然な話であろう。

これらの答の中で、どれが、最もよく、当を得ているか、それは自分にもわからない。自分は、ただ、支那の小説家の Didacticism に倣(なら)って、こう云う道徳的な判断を、この話の最後に、列挙して見たまでである。

福翁自伝（抄）

福澤諭吉

書生の生活酒の悪癖

私は是れまで緒方の塾に這入（はい）らずに屋敷から通って居たのであるが、安政三年の十一月頃から塾に這入て内塾生となり、是れが抑（そもそ）も私の書生生活、活動の始まりだ。元来緒方の塾と云うものは真実日進々歩主義の塾で、その中に這入て居る書生は皆活溌有為（ゆうい）の人物であるが、一方から見れば血気の壮年、乱暴書生ばかりで、中々一筋縄でも二筋縄でも始末に行かぬ人物の巣窟、その中に私が飛込で共に活溌に乱暴を働いた、けれども又自から外の者と少々違って居ると云うこともお話しなければならぬ。先ず第一に私の悪い事を申せば、生来酒を嗜むと云うのが一大欠点、成長した後には自からその悪い事を知ても、悪習既に性を成して自から禁ずることの出来なかったと云うことも、敢て包み隠さず明白に自首します。自分の悪い事を公けにするは余り面白くもないが、正味を言わねば事実談にならぬから、先ず一ト通り幼少以来の飲酒の歴史を語りましょう。抑も私の酒癖は、年齢の次第に成長するに従て飲覚え、飲慣れたと云うでなくして、生れたまま物心の出来た時から自然に数寄でした。今に記憶して居る事を申せば、幼少の頃、月代を剃るとき、頭の盆の窪を剃ると痛いから嫌がる。スルト剃て呉れる母が、「酒を給べさせるから此処を剃らせろと云うその酒が飲みたさ計りに、痛いのを我慢して泣かずに剃らして居た事は幽に覚えて居ます。天性の悪癖、誠に愧ずべき事です。その後、次第に年を重ねて弱冠に至るまで、外に何も法外な事は働かず行状は先ず正しい積りでしたが、俗に云う酒に目のない少年で、酒を見ては殆んど廉恥を忘れるほどの意気地なしと申して宜しい。

ソレカラ長崎に出たとき、二十一歳とは云いながらその実は十九歳余り、マダ丁年にもならぬ身で立派な酒客、唯飲みたくて堪らぬ。所が兼ての宿願を達して学問修業とあるから、自分の本心に訴えて何としても飲むことは出来ず、滞留一年の間、死んだ気になって禁酒しました。山本先生の家に食客中も、大きな宴会でもあればその時に盗んで飲むことは出来る。又銭さえあれば町に出て一寸（ちょい）と升の角から遣るのも易いが、何時か一度は露顕（ろけん）すると思て、トウトウ辛抱して一年の間、正体を現わさずに、翌年の春、長崎を去て諫早（いさはや）に来たとき始めてウント飲んだ事がある。その後程経て文久元年の冬、洋行するとき、長崎に寄港して二日ばかり滞在中、山本の家を尋ねて先年中の礼を述べ、今度洋行の次第を語り、そのとき始めて酒の事を打明け、下戸とは偽り実は大酒飲だと白状して、飲んだも飲んだか、恐ろしく飲んで、先生夫婦を驚かした事を覚えて居ます。

書生を懲らしめる

酒の話は幾らもあるが、安政二年の春、始めて長崎から出て緒方の塾に入門したその即日に、在塾の一書生が始めて私に遇て云うには、「君は何処から来たか。「長崎から来たと云うのが話の始まりで、その書生の云うに、「爾（そ）うか、以来は懇親にお交際（つきあい）したい。就ては酒を一献（いっこん）酌もうではないかと云うから、私が之に答えて、「始めてお目に掛て自分の事を云うようであるが、私は元来の酒客、然（し）かも大酒（たいしゅ）だ。一献酌もうとは有難い、是非お供致したい、早速お供致したい。だが念の為めに申して置くが、私には金はない、実は長崎から出て来たばかりで、塾で修業するその学費さえ甚だ怪しい。有るか無いか分らない。矧(いわん)や酒を飲むなどと云う金は一銭もない。是れだけは念の為めにお話して置くが、酒を飲みにお誘とは誠に辱(かたじけ)ない。是非お供致そうと斯う出掛けた。所がその書生の云うに、「そんな馬鹿げた事があるものか、酒を飲みに行けば金の要るのは当然(あたりまえ)の話だ。夫ればかりの金のない筈はないじゃないかと云う。「何と云われても、ない金はないが、折角飲みに行こうと云うお誘だから是非行きたいものじゃと云うのが物分れでその日は仕舞い、翌日も屋敷から通って塾に行てその男に出遇い、「昨日のお話は立消になったが、如何だろうか。私は今日も酒が飲みたい。連れて行て呉れないか、どうも行きたいと此方から促した処が、馬鹿云うなと云うような事で、お別れになって仕舞た。

ソレカラ一月経ち二月、三月経って、此方もチャント塾の勝手を心得て、人の名も知れば顔も知ると云うことになって当り前に勉強して居る。一日その今の男を引捕まえた。引捕まえて面談、「お前は覚えて居るだろう、乃公(おれ)が長崎から来て始めて入門したその日に何と云た、酒を飲みに行こうと云たじゃないか。その意味は新入生と云うものは多少金がある、之を誘出して酒を飲もうと斯う云う考だろう。言わずとも分て居る。彼の時に乃公が何と云た、乃公は酒は飲みたくて堪らないけれども金がないから飲むことは出来ないと刎付けて、その翌日は又此方から促した時に、お前は半句の言葉もなかったじゃないか。能く考えて見ろ。憚り乍ら諭吉だからその位に強く云たのだ。乃公はその時には自から決する処があった。お前が愚図々々云うなら即席に叩倒して先生の処に引摺て行て遣ろうと思ったその決心が顔色に顕れて怖かったのか何か知らぬが、お前はどうもせずに引込んで仕舞た。如何にしても済まない奴だ。斯う云う奴のあるのは塾の為めには獅子身中の虫と云うものだ。こんな奴が居て塾を卑劣にするのだ。以来新入生に遇て仮初にも左様な事を云うと、乃公は他人の事とは思わぬぞ。直ぐにお前を捕まえて、誰とも云わず先生の前に連れて行て、先生に裁判して貰うが宜しいか。心得て居ろと酷く懲しめて遣た事があった。

塾長になる

その後私の学問も少しは進歩した折柄、先輩の人は国に帰る、塾中無人にて遂に私が塾長になった。扨塾長になったからと云て、元来の塾風で塾長に何も権力のあるではなし、唯塾中一番六かしい原書を会読するときその会頭を勤める位のことで、同窓生の交際に少しも軽重はない。塾長殿も以前の通りに読書勉強して、勉強の間にはあらん限りの活動ではないどうかと云えば先ず乱暴をして面白がって居ることだから、その乱暴生が徳義を以て人を感化するなど云う鹿爪らしい事を考える訳けもない。又塾風を善くすれば先生に対しての御奉公、御恩報じになると、そんな老人めいた心のあろう筈もないが、唯私の本来仮初にも弱い者いじめをせず、仮初にも人の物を貪らず、人の金を借用せず、唯の百文も借りたることはないその上に、品行は清浄潔白にして俯仰天地に愧じずと云う、自から外の者と違う処があるから、一緒になってワイワイ云て居ながら、マア一口に云えば、同窓生一人も残らず自分の通りになれ、又自分の通りにして遣ろうと云うような血気の威張りであったろうと今から思うだけで、決して道徳とか仁義とか又大恩の先生に忠義とか、そんな奥ゆかしい事は更らに覚えはなかったのです。併し何でも爾う威張り廻って暴れたのが、塾の為めに悪い事もあろう、又自から役に立たこともあるだろうと思う。若し役に立て居れば夫れは偶然で、決して私の手柄でも何でもありはしない。

緒方の塾風

左様云えば何か私が緒方塾の塾長で頻りに威張て自然に塾の風を矯正したように聞ゆるけれども、又一方から見れば酒を飲むことでは随分塾風を荒らした事もあろうと思う。塾長になっても相替らず元の貧書生なれども、その時の私の身の上は、故郷に在る母と姪と二人は藩から貰う少々ばかりの家禄で暮して居る、私は塾長になってから表向に先生家の賄を受けて、その上に新書生が入門するとき先生家に束脩を納めて同時に塾長へも金弐朱を呈すと規則があるから、一箇月に入門生が三人あれば塾長には一分二朱の収入、五人あれば二分二朱にもなるから小遣銭には沢山で、是れが大抵酒の代になる。衣服は国の母が手織木綿の品を送て呉れて夫れには心配がないから、少しでも手許に金があれば直に飲むことを考える。是れが為めには同窓生の中で私に誘われてツイツイ飲だ者も多かろう。扨その飲みようも至極お粗末、殺風景で、銭の乏しいときは酒屋で三合か五合買て来て塾中で独り飲む。夫れから少し都合の宜い時には一朱か二朱以て一寸と料理茶屋に行く、是れは最上の奢で容易に出来兼ねるから、先ず度々行くのは鶏肉屋、夫れよりモット便利なのは牛肉屋だ。その時大阪中で牛鍋を喰わせる処は唯二軒ある。一軒は難波橋(なにわばし)の南詰(みなみづめ)、一軒は新町の廓(くるわ)の側にあって、最下等の店だから、凡そ人間らしい人で出入する者は決してない。文身だらけの町の破落戸と緒方の書生ばかりが得意の定客だ。何処から取寄せた肉だか、殺した牛やら、病死した牛やら、そんな事には頓着(とんじゃく)なし、一人前百五十文ばかりで牛肉と酒と飯と十分の飲食であったが、牛は随分硬くて臭かった。

塾生裸体

当時は士族の世の中だから皆大小は挟(さ)して居る、けれども内塾生五、六十人の中で、私は元来物を質入れしたことがないから、双刀(そうとう)はチャント持て居るその外、塾中に二腰か三腰もあったが、跡は皆質に置て仕舞て、塾生の誰か所持して居るその刀が恰も共有物で、是れでも差支のないと云うは、銘々(めいめい)倉屋敷にでも行くときに二本挟すばかりで、不断は脇差一本、ただ丸腰にならぬ丈けの事であったから。夫れから大阪は暖(あったか)い処だから冬は難渋な事はないが、夏は真実の裸体、褌(ふんどし)も襦袢(じゅばん)も何もない真裸体(まっぱだか)。勿論飯を喫(く)う時と会読をする時には自から遠慮するから何か一枚ちょいと引掛ける、中にも絽(ろ)の羽織を真裸体の上に着てる者が多い。是れは余程おかしな風で、今の人が見たら、さぞ笑うだろう。食事の時には迚も座って喰うなんと云うことは出来た話でない。足も踏立てられぬ板敷だから、皆上草履を穿て立て喰う。一度は銘々に別けてやったこともあるけれども、爾うは続かぬ。お鉢が其処に出してあるから、銘々に茶碗に盛て百鬼立食。ソンナ訳けだから食物の価も勿論安い。お菜は一六が葱と薩摩芋の難波煮、五十が豆腐汁、三八が蜆汁と云うようになって居て、今日は何が出ると云うことは極って居る。

裸体の奇談失策

裸体の事に就て奇談がある。或る夏の夕方、私共五、六名の中に飲む酒が出来た。するとー人の思付に、この酒を彼の高い物干の上で飲みたいと云うに、全会一致で、サア屋根づたいに持出そうとした処が、物干の上に下婢が三、四人涼んで居る。是れは困た、今彼処で飲むと彼奴等が奥に行て何か饒舌るに違いない、邪魔な奴じゃと云う中に、長州生に松岡勇記と云う男がある。至極元気の宜い活溌な男で、この松岡の云うに、僕が見事に彼の女共を物干から逐払て見せようと云いながら、真裸体で一人ツカツカと物干に出て行き、お松どんお竹どん、暑いじゃないかと言葉を掛けて、そのまま傾向きに大の字なりに成て倒れた。この風体を見ては流石の下婢も其処に居ることが出来ぬ。気の毒そうな顔をして皆下りて仕舞た。すると松岡が物干の上から蘭語で上首尾早く来いと云う合図に、塾部屋の酒を持出して涼しく愉快に飲だことがある。

又或るとき是れは私の大失策、或る夜私が二階に寝て居たら、下から女の声で福澤さん福澤さんと呼ぶ。私は夕方酒を飲(のん)で今寝たばかり。うるさい下女だ、今ごろ何の用があるかと思うけれども、呼べば起きねばならぬ。夫れから真裸体で飛起て、階子段(はしごだん)を飛下りて、何の用だとふんばたかった所が、案に相違、下女ではあらで奥さんだ。何うにも斯うにも逃げようにも逃げられず、真裸体で座ってお辞儀も出来ず、進退窮して実に身の置処がない。奥さんも気の毒だと思われたのか、物をも云わず奥の方に引込で仕舞た。翌朝御託に出て昨夜は誠に失礼仕りましたと陳べる訳けにも行かず、到頭(とうとう)末代御挨拶なしに済で仕舞た事がある。是ればかりは生涯忘れることが出来ぬ。先年も大阪に行て緒方の家を尋ねて、この階子段の下だったと四十年前の事を思出して、独り心の中で赤面しました。

料理茶屋の物を盗む

前に云う通り御霊の植木見世で万引と疑われたが、疑われる筈だ、緒方の書生は本当に万引をして居たその万引と云うは、呉服店で反物（たんもの）なんど云う念の入た事ではない、料理茶屋で飲だ帰りに猪口だの小皿だの色々手ごろな品を窃（そっ）と盗んで来るような万引である。同窓生互に夫れを手柄のようにして居るから、送別会などと云う大会のときには獲（え）物（もの）も多い。中には昨夜の会で団扇の大きなのを背中に入れて帰る者もあれば、平たい大皿を懐中し吸物椀の蓋を袂（たもと）にする者もある。又或る奴は、君達がそんな半端物を挙げて来るのはまだ拙ない。乃公の獲物を拝見し給えと云て、小皿を十人前揃えて手拭に包んで来たこともある。今思えば是れは茶屋でもトックに知て居ながら黙って通して、実はその盗品の勘定も払の内に這入て居るに相違ない、毎度の事でお極りの盗坊（どろぼう）だから。

難波橋から小皿を投ず

その小皿に縁のある一奇談は、或る夏の事である、夜十時過ぎになって酒が飲みたくなって、嗚呼(ああ)飲みたいと一人が云うと、僕も爾(そ)うだと云う者が直に四、五人出来た。所がチャント門限があって出ることが出来ぬから、当直の門番を脅迫して無理に開けさして、鍋島の浜と云う納涼(すずみ)の葭簀張(よしずばり)で、不味いけれども芋蛸汁(いもだこじる)か何かで安い酒を飲で、帰りに例の通りに小皿を五、六枚挙げて来た。夜十二時過でもあったか、難波橋の上に来たら、下流の方で茶船に乗てジャラジャラ三味線を鳴らして騒いで居る奴がある。「あんな事をして居やがる。此方(こっち)は百五十か其処辺(そこら)の金を見付出して漸く一盃飲で帰る所だ。忌々(いまいまし)敷い奴等だ。あんな奴があるから此方等が貧乏するのだと云いさま、私の持てる小皿を二、三枚投付けたら、一番仕舞の一枚で三味線の音がプッツリ止んだ。その時は急いで逃げたから人が怪我をしたかどうか分らなかった。所が不思議にも一箇月ばかり経て其れが能く分った。塾の一書生が北の新地に行て何処かの席で芸者に逢うたとき、その芸者の話に、「世の中には酷い奴もある。一箇月ばかり前の夜に私がお客さんと舟で難波橋の下で涼んで居たら、橋の上からお皿を投げて、丁度私の三味線に中って裏表の皮を打抜きましたが、本当に危ない事で、先ず先ず怪我をせんのが仕合でした。何処の奴か四、五人連れでその皿を投げて置て南の方にドンドン逃げて行きました。実に憎らしい奴もあればあるものと、斯う斯う芸者が話して居たと云うのを、私共は夫れを聞て下手人にはチャント覚えがあるけれども、云えば面倒だからその同窓の書生にもその時には隠して置いた。

禁酒から煙草

又私は酒の為めに生涯の大損をして、その損害は今日までも身に附て居ると云うその次第は、緒方の塾に学問修業しながら兎角酒を飲で宜いことは少しもない。是れは済まぬ事だと思い、恰も一念ここに発起したように断然酒を止めた。スルト塾中の大評判ではない大笑で、「ヤア福澤が昨日から禁酒した。コリャ面白い、コリャ可笑しい。何時まで続くだろう。迚も十日は持てまい。三日禁酒で明日は飲むに違いないなんて冷かす者ばかりであるが、私も中々剛情に辛抱して十日も十五日も飲まずに居ると、親友の高橋順益が、「君の辛抱はエライ。能くも続く。見上げて遣るぞ。所が凡そ人間の習慣は、仮令い悪い事でも頓に禁ずることは宜しくない。到底出来ない事だから、君がいよいよ禁酒と決心したらば、酒の代りに烟草を始めろ。何か一方に楽しみが無くては叶わぬと親切らしく云う。所が私は烟草が大嫌いで、是れまでも同塾生の烟草を喫むのを散々に悪く云うて、「こんな無益な不養生な訳の分らぬ物を喫む奴の気が知れない。何は扨置き臭くて穢なくて堪らん。乃公の側では喫んで呉れるななんて、愛想づかしの悪口を云て居たから、今になって自分が烟草を始めるのは如何もきまりが悪いけれども、高橋の説を聞けば亦無理でもない。「そんなら遣て見ようかと云てそろそろ試ると、塾中の者が烟草を呉れたり、烟管を貸したり、中には是れは極く軽い烟草だと云て態々買て来て呉れる者もあると云うような騒ぎは、何も本当な深切でも何でもない。実は私が不断烟草の事を悪くばかり云て居たものだから、今度は彼奴を喫烟者にして遣ろうと、寄って掛って私を愚弄するのは分って居るけれども、此方は一生懸命禁酒の熱心だから、忌な烟を無理に吹かして、十日も十五日もそろそろ慣らして居る中に、臭い辛いものが自然に臭くも辛くもなく、段々風味が善くなって来た。凡そ一箇月ばかり経て本当の喫烟客になった。処が例の酒だ。何としても忘れられない。卑怯とは知りながら一寸と一盃遣て見ると堪らない。モウ一盃、これでお仕舞と力んでも、徳利を振て見て音がすれば我慢が出来ない。とうとう三合の酒を皆飲で仕舞て、又翌日は五合飲む。五合、三合、従前の通りになって、去らば烟草の方は喫まぬむかしの通りにしようとしても是れも出来ず、馬鹿々々しいとも何とも訳けが分らない。迚も叶わぬ禁酒の発心、一箇月の大馬鹿をして酒と烟草と両刀遣いに成り果て、六十余歳の今年に至るまで、酒は自然に禁じたれども烟草は止みそうにもせず、衛生の為め自から作せる損害と申して一言の弁解はありません。

三鞭酒

宮本百合子

土曜・日曜でないので、食堂は寧ろがらあきであった。我々のところから斜彼方に、一組英国人の家族が静に食事している。あと二三組隅々に散らばって見えるぎりだ。涼しい夏の夜を白服の給仕が、食器棚（サイドボード）の鏡にメロンが映っている前に、閑散そうに佇んでいる。

「――寂しいわね、ホテルも、これでは」

「――第一、これが」

友達は、自分の前にある皿を眼で示した。

「ちっとも美味しくありゃしない。――滑稽だな、遥々第一公式で出かけて来て、こんなものを食べさせられるんじゃあ」

「食い辛棒落胆の光景かね」

「いやなひと!」

三人は、がらんとした広間の空気に遠慮して低く笑った。

「寂しくって、大きな声で笑いも出来ない。いやんなっちゃうな」

「まあそう云わずにいらっしゃい、今に何とかなるだろうから」

時刻が移るにつれ、人の数は殖えた。が、その晩はどういうものか、ひどくつまらない外国の商人風な男女ばかりであった。

「せめて、視覚でも満足させたいな。これはまあ、どうしたことだ」

「――お互よ、向うでも我々を見てそう云っているに違いないわ」

陽気になりたい気持がたっぷりなのに、周囲がそれに適せず、妙にこじれそうにさえなった時であった。我々はふと、一人の老人の後について、一対の男女が開け放した入口から食堂に入って来るのを認めた。三人連れかと思ったがそうでもないらしい。老人は、彼等のところからは見えない反対の窓際に一人去った。二人は一寸食堂の中央に立ち澱んで四辺を見廻した後、丁度彼等の真隣りに席をとった。二人とも中年のアメリカ人、やはり商人だということは一目で判ったが、同時に彼等は何となく人の注意――好奇心を牽くところを持っていた。男の方はざらにある、ずんぐりで、年より早く禿が艶と面積とを増したという見かけだ。女は――これも好奇心を呼び起す或る原因だったと云えるが――割に、夜化粧することの好きな外国婦人としては粗末な服装であった。男の小指にはダイアモンドが光っているのに、連の女性は、水色格子木綿の単純な服で、飾花だけぱっと華やかな帽子をつけている。白粉が生毛にとまっているのも見える。まあ金がないというだけの理由でかまわない装をやむなくしている女に思える。連の男が、とびぬけて気品あるのでもないから、彼が、あんなに大切そうに、大仰に、腰をかがめんばかりにして対手を席につけてやらなかったら、我々は、横浜辺の商人夫婦として、簡単に観察を打ち切ってしまっただろう。結婚生活者としては、余り仰山な何かがある。

「――何だろう」

「――そう、夫婦じゃあないわ」

「――そろそろ愉快になって来るかな」

古典的な礼儀からいえば、これは紳士淑女のすべき会話ではない。然し、寛大な読者諸君は、何故都会人がホテルの食堂へわざわざ出かけて、鑵詰のアスパラガスを食べて来たい心持になるか、ただ食べたいばかりではない。同時に食欲以上旺盛な観察欲というものに支配されているのだということを御承知である。

計らずその欲求を刺戟するものに出会ったので、我々は尠からず活気づいた。見るともなく見ていると、彼等は輝く禿と派手な帽子の頂とをつき合わせて睦じく献立を選んだ。一礼して去った給仕は、やがて、しゃれた脚立氷容器に三鞭酒の壜を冷し込んで運んで来た。私は、それを見ると、感じの鋭い小説家ででもありそうに自信をもって、二人の仲間に云った。

「私にはもうちゃんとわかってよ」

「早いな、云って御覧」

「なんなの」

——私は、サラドを口に運びながら、もがもがと呟いた。

「恋人たち」

思わず、嬉しげな好意ある微笑が皆の顔に燦きわたった。ああ、人生はまだまだよいところだ。あのような禿でも、あのように恋愛が出来る！

「何故断言出来るの」

「だって……氷の中のは三鞭酒よ。——十人の中九人まで、若しかすれば十人が十人、細君と夕飯を食べるからって三鞭酒を気張りゃあしないことよ」

水色格子服の女性は、若い女のように小指をぴんと伸して三鞭酒盞（シャンペン・グラス）を摘みあげた。男も。乾杯（プロウジット）。

三鞭酒は、気分に於て、我々の卓子（テーブル）にまで配られた。少し晴々し、頻りに談笑するうちに、私は謂わば活動写真的な一場面を見とめた。事実黄金色の軽快なアルコオルが体内に流れ込んだのだから、隣の食卓の一組は食堂に来た時より一層若やぎ恍惚（うっとり）として来たらしい。男は今、つれの婦人のむきだしの腕を絶えず優しく撫でさすりながら、低声に顔をさしよせて何か云っている。婦人は、平静に母親らしい落付きを保とうと努めながら、愛撫や囁きやアルコオルのため兎角ぐらつきそうになる。映画では大抵若い役者の役割であるラヴ・シーンが、このように禿げた男、このように皮膚が赧らみ強ばった女によって現実になされるのを目撃するのは、何か、一嗅ぎの嗅ぎ煙草でも欲しい心持を起させるものだ。私は氷菓（アイスクリーム）を一片舌にのせた。その途端、澄み渡った七月の夜を貫いて、私は何を聞いたろう！　私は、極めて明瞭に男の声を鼓膜から頭脳へききとった。

「アイ、ラヴ、ユー」

――困ったことに、私の腹の底から云いようない微笑が後から後から口元めがけてこみあげて来た。

「何？　どうしたの」

「何でもないの」

云うあとから、更に微笑まれる。私は、字幕（タイトル）でなく、人間の声で「アイ、ラヴ、ユー」というのをきいたのは、生れてそれが始めてであった。そして、そんなにも、何だか傍の耳へは間抜けな愛嬌に充ちて響くものだということをおどろいた。

私は、程なくひどく可笑しい、然し、蚊の止った位馬鹿らしいような悲しさも混った心持で食堂を出た。

チュウリップの幻術

宮沢賢治

この農園のすもものかきねはいっぱいに青じろい花をつけています。

雲は光って立派な玉髄(ぎょくずい)の置物です。四方の空を繞(めぐ)ります。

すもものかきねのはずれから一人の洋傘直しが荷物をしょって、この月光をちりばめた緑の障壁に沿ってやって来ます。

てくてくあるいてくるその黒い細い脚はたしかに鹿に肖(に)ています。そして日が照っているために荷物の上にかざされた赤白だんだらの小さな洋傘は有平糖(あるへいとう)でできてるように思われます。

(洋傘直し、洋傘直し、なぜそうちらちらかきねのすきから農園の中をのぞくのか。)

　そしててくてくやって来ます。有平糖のその洋傘はいよいよひかり洋傘直しのその顔はいよいよ熱って笑っています。

（洋傘直し、洋傘直し、なぜ農園の入口でおまえはきくっと曲るのか。農園の中などにおまえの仕事はあるまいよ。）

　洋傘直しは農園の中へ入ります。しめった五月の黒つちにチュウリップは無雑作に並べて植えられ、一めんに咲き、かすかにかすかにゆらいでいます。

（洋傘直し、洋傘直し。荷物をおろし、おまえは汗を拭いている。そこらに立ってしばらく花を見ようというのか。そうでないならそこらに立っていけないよ。）

　園丁がこてをさげて青い上着の袖で額の汗を拭きながら向うの黒い独乙唐檜の茂みの中から出て来ます。

「何のご用ですか」

「私は洋傘直しですが何かご用はありませんか。若しまた何か鋏でも研ぐのがありましたらそちらのほうもいたします」

「ああそうですか。一寸お待ちなさい。主人に聞いてあげましょう」

「どうかお願いいたします」

青い上着の園丁は独乙唐檜の茂みをくぐって消えて行き、それからぽっと陽も消えました。

よっぽど西にその太陽が傾いて、いま入ったばかりの雲の間から沢山の白い光の棒を投げそれは向うの山脈のあちこちに落ちてさびしい群青の泣き笑いをします。

有平糖の洋傘もいまは普通の赤と白とのキャラコです。

それから今度は風が吹きたちまち太陽は雲を外れチュウリップの畑にも不意に明るく陽が射しました。まっ赤な花がぷらぷらゆれて光っています。

園丁がいつか俄かにやって来てガチャッと持って来たものを置きました。

「これだけお願いするそうです」

「へい。ええと。この剪定鋏はひどく捩れておりますから鍛冶に一ぺんおかけなさらないと直りません。こちらのほうはみんな出来ます。はじめにお値段を決めておいてよろしかったらお研ぎいたしましょう」

「そうですか。どれだけですか」

「こちらが八銭、こちらが十銭、こちらの鋏は二丁で十五銭にいたしておきましょう」

「ようござんす。じゃ願います。水がありますか。持って来てあげましょう。その芝の上がいいですか。どこでもあなたのすきな処でおやりなさい」

「ええ、水は私が持って参ります」

「そうですか。そこのかきねのこっち側を少し右へついておいでなさい。井戸があります」

「へい。それではお研ぎいたしましょう」

「ええ」

園丁はまた唐檜の中にはいり洋傘直しは荷物の底の道具のはいった引き出しをあけ缶を持って水を取りに行きます。

そのあとで陽がまたふっと消え、風が吹き、キャラコの洋傘はさびしくゆれます。

それから洋傘直しは缶の水をぱちゃぱちゃこぼしながら戻って来ます。

鋼砥の上で金鋼砂がじゃりじゃり云いチュウリップはぷらぷらゆれ、陽がまた降って赤い花は光ります。

そこで砥石に水が張られすっすと払われ、秋の香魚の腹にあるような青い紋がもう刃物の鋼にあらわれました。

ひばりはいつか空にのぼって行ってチーチクチーチクやり出します。高い処で風がどんどん吹きはじめ雲はだんだん融けていっていつかすっかり明るくなり、太陽は少しの午睡のあとのようにどこか青くぼんやりかすんではいますがたしかにかがやく五月のひるすぎを拵えました。

青い上着の園丁が、唐檜の中から、またいそがしく出て来ます。

「お折角ですね、いい天気になりました。もう一つお願いしたいんですがね」

「何ですか」

「これですよ」若い園丁は少し顔を赤くしながら上着のかくしから角柄の西洋剃刀を取り出します。

洋傘直しはそれを受け取って開いて刃をよく改めます。

「これはどこでお買いになりました」

「貰ったんですよ」

「研ぎますか」

「ええ」

「それじゃ研いでおきましょう」

「すぐ来ますからね、じきに三時のやすみです」園丁は笑って光ってまた唐檜の中にはいります。

太陽はいまはすっかり午睡のあとの光のもやを払いましたので山脈も青くかがやき、さっきまで雲にまぎれてわからなかった雪の死火山もはっきり土耳古玉(トルコだま)のそらに浮きあがりました。

洋傘直しは引き出しから合せ砥(ど)を出し一寸水をかけ黒い滑らかな石でしずかに練りはじめます。それからパチッと石をとります。

（おお、洋傘直し、洋傘直し、なぜその石をそんなに眼の近くまで持って行ってじっとながめているのだ。石に景色が描いてあるのか。あの、黒い山がむくむく重なり、その向うには定めない雲が翔け、渓(たに)の水は風より軽く幾本の木は険しい崖からからだを曲げて空に向う、あの景色が石の滑らかな面に描いてあるのか。）

洋傘直しは石を置き剃刀を取ります。剃刀は青ぞらをうつせば青くぎらっと光ります。それは音なく砥石をすべり陽の光が強いので洋傘直しはポタポタ汗を落します。今は全く五月のまひるです。

畑の黒土はわずかに息をはき風が吹いて花は強くゆれ、唐檜も動きます。

洋傘直しは剃刀をていねいに調べそれから茶いろの粗布(あらぬの)の上にできあがった仕事をみ

んな載せほっと息して立ちあがります。

　そして一足チュウリップの方に近づきます。

　園丁が顔をまっ赤にほてらして飛んで来ました。

「もう出来たんですか」

「ええ」

「それでは代を持って来ました。そっちは三十三銭ですね。お取り下さい。それから私の分はいくらですか」

　洋傘直しは帽子をとり銀貨と銅貨とを受け取ります。

「ありがとうございます。剃刀のほうは要りません」

「どうしてですか」

「お負けいたしておきましょう」

「まあ取って下さい」

「いいえ、いただくほどじゃありません」

「そうですか。ありがとうございました。そんなら一寸向うの番小屋までおいで下さい。お茶でもさしあげましょう」

「いいえ、もう失礼いたします」

「それではあんまりです。一寸お待ち下さい。ええと、仕方ない、そんならまあ私の作った花でも見て行って下さい」

「ええ、ありがとう。拝見しましょう」

「そうですか。では」

その気紛れの洋傘直しと園丁とはうっこんこうの畑の方へ五、六歩寄ります。

主人らしい人の縞のシャツが唐檜の向うでチラッとします。園丁はそっちを見かすかに笑い何か云いかけようとします。

けれどもシャツは見えなくなり、園丁は花を指さします。

「ね、此の黄と橙の大きな斑(ぶち)はアメリカから直(じ)かに取りました。こちらの黄いろは見ていると額が痛くなるでしょう」

「ええ」

「この赤と白の斑は私はいつでも昔の海賊のチョッキのような気がするんですよ。ね。それからこれはまっ赤な羽二重のコップでしょう。この花びらは半ぶんすきとおっているので大へん有名です。ですからこいつの球はずいぶんみんなで欲しがります」

「ええ、全く立派です。赤い花は風で動いている時よりもじっとしている時のほうがいいようですね」

「そうです、そうです。そして一寸あいつをごらんなさい。ね。そら、その黄いろの隣りのあいつです」

「あの小さな白いのですか」

「そうです、あれは此処では一番大切なのです。まあしばらくじっと見詰めてごらんなさい。どうです、形のいいことは一等でしょう」

洋傘直しはしばらくその花に見入ります。そしてだまってしまいます。

「ずいぶん寂かな緑の柄でしょう。風にゆらいで微かに光っているようです。いかにもその柄が風に靭(しな)っているようです。けれども実は少しも動いておりません。それにあの白い小さな花は何か不思議な合図を空に送っているようにあなたには思われませんか」

洋傘直しはいきなり高く叫びます。

「ああ、そうです、そうです、見えました。

けれども何だか空のひばりの羽の動かしようが、いや鳴きようが、さっきと調子をちがえてきたではありませんか」

「そうでしょうとも、それですから、ごらんなさい。あの花の盃の中からぎらぎら光ってすきとおる蒸気が丁度水へ砂糖を溶したときのようにユラユラユラユラ空へ昇って行くでしょう」

「ええ、ええ、そうです」

「そして、そら、光が湧いているでしょう。おお、湧きあがる、湧きあがる、花の盃をあふれてひろがり湧きあがりひろがりひろがりもう青ぞらも光の波で一ぱいです。山脈の雪も光の中で機嫌よく空へ笑っています。湧きます、湧きます。ふう、チュウリップの光の酒。どうです。チュウリップの光の酒。ほめて下さい」

「ええ、このエステルは上等です。とても合成できません」

「おや、エステルだって、合成だって、そいつは素敵だ。あなたはどこかの化学大学校を出た方ですね」

「いいえ、私はエステル工学校の卒業生です」

「エステル工学校。ハッハッハ。素敵だ。さあどうです。一杯やりましょう。チュウリップの光の酒。さあ飲みませんか」

「いや、やりましょう。よう、あなたの健康を祝します」

「よう、ご健康を祝します。いい酒です。貧乏な僕のお酒はまた一層に光っておまけに軽いのだ」

「けれどもぜんたいこれでいいんですか。あんまり光が過ぎはしませんか」

「いいえ心配ありません。酒があんなに湧きあがり波を立てたり渦になったり花弁をあふれて流れてもあのチュウリップの緑の花柄は一寸もゆらぎはしないのです。さあも一つおやりなさい」

「ええ、ありがとう。あなたもどうです。奇麗な空じゃありませんか」

「やりますとも、おっと沢山沢山。けれどもいくらこぼれたところでそこら一面チュウリップ酒の波だもの」

「一面どころじゃありません。そらのはずれから地面の底まですっかり光の領分です。たしかに今は光のお酒が地面の腹の底までしみました」

「ええ、ええ、そうです。おや、ごらんなさい、向うの畑。ね。光の酒に漬っては花椰菜(はなやさい)でもアスパラガスでも実に立派なものではありませんか」

「立派ですね。チュウリップ酒で漬けた瓶詰です。しかし一体ひばりはどこまで逃げたでしょう。どこまで逃げて行ったのかしら。自分で斯(こ)んな光の波を起しておいてあとはどこかへ逃げるとは気取ってやがる。あんまり気取ってやがる、畜生」

「まったくそうです。こら、ひばりめ、降りて来い。ははぁ、やつ、溶けたな。こんなに雲もない空にかくれるなんてできないはずだ。溶けたのですよ」

「いいえ、あいつの歌なら、あの甘ったるい歌なら、さっきから光の中に溶けていましたがひばりはまさか溶けますまい。溶けたとしたらその小さな骨を何かの網で掬い上げなくちゃなりません。そいつはあんまり手数です」

「まあそうですね。しかしひばりのことなどはまあどうなろうと構わないではありませんか。全体ひばりというものは小さなもので、空をチーチクチーチク飛ぶだけのもんです」

「まあ、そうですね、それでいいでしょう。ところが、おやおや、あんなでもやっぱりいいんですか。向うの唐檜が何だかゆれて踊り出すらしいのですよ」

「唐檜ですか。あいつはみんなで、一小隊はありましょう。みんな若いし擲弾兵（グレナデーア）です」

「ゆれて踊っているようですが構いませんか」

「なあに心配ありません。どうせチュウリップ酒の中の景色です。いくら跳ねてもいいじゃありませんか」

「そいつは全くそうですね。まあ大目に見ておきましょう」

「大目に見ないといけません。いい酒だ。ふう」

「すももも踊り出しますよ」

「すももは牆壁仕立(しょうへきじたて)です。ダイアモンドです。枝がななめに交叉します。一中隊はありますよ。義勇中隊です」

「やっぱりあんなでいいんですか」

「構いませんよ。それよりまああの梨の木どもをご覧なさい。枝が剪(き)られたばかりなので身体が一向釣り合いません。まるで蛹(さなぎ)の踊りです」

「蛹踊(さなぎおどり)とはそいつはあんまり可哀そうです。すっかり悄気(しょげ)て化石してしまったようじゃありませんか」

「石になるとは。そいつはあんまりひどすぎる。おおい。梨の木。木のまんまでいいんだよ。けれども仲々人の命令をすなおに用いるやつらじゃないんです」

「それより向うのくだものの木の踊りの環をごらんなさい。まん中に居てきゃんきゃん調子をとるのがあれが桜桃(おうとう)の木ですか」

「どれですか。ああああれですか。いいえ、あいつは油桃(つばいもも)です。やっぱり巴丹杏(はたんきょう)やまるめろの歌は上手です。どうです。行って仲間にはいりましょうか。行きましょう」

「行きましょう。おおい。おいらも仲間に入れろ。痛い、畜生」

「どうかなさったのですか」

「眼をやられました。どいつかにひどく引っ掻かれたのです」

「そうでしょう。全体駄目です。どいつも満足の手のあるやつはありません。みんながリガリ骨ばかり、おや、いけない、いけない、すっかり崩れて泣いたりわめいたりむしりあったりなぐったり一体あんまり冗談が過ぎたのです」

「ええ、斯う世の中が乱れては全くどうも仕方ありません」

「全くそうです。そうら。そら、火です、火です。火がつきました。チュウリップ酒に火がはいったのです」

「いけない、いけない。はたけも空もみんなけむり、しろけむり」

「パチパチパチパチやっている」

「どうも素敵に強い酒だと思いましたよ」

「そうそう、だからこれはあの白いチュウリップでしょう」

「そうでしょうか」

「そうです。そうですとも。ここで一番大事な花です」

「ああ、もうよほど経ったでしょう。チュウリップの幻術にかかっているうちに。もう私は行かなければなりません。さようなら」

「そうですか、ではさようなら」

洋傘直しは荷物へよろよろ歩いて行き、有平糖の広告つきのその荷物を肩にし、もう一度あのあやしい花をちらっと見てそれからすももの垣根の入口にまっすぐに歩いて行きます。

園丁は何だか顔が青ざめてしばらくそれを見送りやがて唐檜の中へはいります。

太陽はいつかまた雲の間にはいり太い白い光の棒の幾条(いくすじ)を山と野原とに落します。

酒の追憶

太宰治

酒の追憶とは言っても、酒が追憶するという意味ではない。酒についての追憶、もしくは、酒についての追憶ならびに、その追憶を中心にしたもろもろの過去の私の生活形態についての追憶、とでもいったような意味なのであるが、それでは、題名として長すぎるし、また、ことさらに奇をてらったキザなもののような感じの題名になることをおそれて、かりに「酒の追憶」として置いたまでの事である。

私はさいきん、少しからだの調子を悪くして、神妙にしばらく酒から遠ざかっていたのであるが、ふと、それも馬鹿らしくなって、家の者に言いつけ、お酒をお燗させ、小さい盃でチビチビ二合くらい飲んでみた。そうして私は、実に非常なる感慨にふけった。

お酒は、それは、お燗して、小さい盃でチビチビ飲むものにきまっている。当り前の事である。私が日本酒を飲むようになったのは、高等学校時代からであったが、どうも日本酒はからくて臭くて、小さい盃でチビチビ飲むのにさえ大いなる難儀を覚え、キュラソオ、ペパミント、ポオトワインなどのグラスを気取った手つきで口もとへ持って行って、少しくなめるという種族の男で、そうして日本酒のお銚子を並べて騒いでいる生徒たちに、嫌悪と侮蔑と恐怖を感じていたものであった。いや、本当の話である。

けれども、やがて私も、日本酒を飲む事に馴れたが、しかし、それは芸者遊びなどしている時に、芸者にあなどられたくない一心から、にがいにがいと思いつつ、チビチビやって、そうして必ず、すっくと立って、風の如く御不浄に走り行き、涙を流して吐いて、とにかく、必ず呻いて吐いて、それから芸者に柿などむいてもらって、真蒼な顔をして食べて、そのうちにだんだん日本酒にも馴れた、という甚だ情無い苦行の末の結実なのであった。

小さい盃で、チビチビ飲んでも、既にかくの如き過激の有様である。いわんや、コップ酒、ひや酒、ビイルとチャンポンなどに到っては、それはほとんど戦慄の自殺行為と全く同一である、と私は思い込んでいたのである。

いったい昔は、独酌でさえあまり上品なものではなかったのである。必ずいちいち、お酌をさせたものなのである。酒は独酌に限りますなあ、なんて言う男は、既に少し荒んだ野卑な人物と見なされたものである。小さい盃の中の酒を、一息にぐいと飲みほしても、周囲の人たちが眼を見はったもので、まして独酌で二三杯、ぐいぐいつづけて飲みほそうものなら、まずこれはヤケクソの酒乱と見なされ、社交界から追放の憂目(うきめ)に遭ったものである。

あんな小さい盃で二、三杯でも、もはやそのような騒ぎなのだから、コップ酒、茶碗酒などに到っては、まさしく新聞だねの大事件であったようである。これは新派の芝居のクライマックスによく利用せられていて、

「ねえさん！　飲ませて！　たのむわ！」

と、色男とわかれた若い芸者は、お酒のはいっているお茶碗を持って身悶えする。ねえさん芸者そうはさせじと、その茶碗を取り上げようと、これまた身悶えして、

「わかる、小梅さん、気持はわかる、だけど駄目。茶碗酒の荒事なんて、あなた、私を殺してからお飲み」

そうして二人は、相擁(あいよう)して泣くのである。そうしてその狂言では、このへんが一ばん手に汗を握らせる、戦慄と興奮の場面になっているのである。

これが、ひや酒となると、尚いっそう凄惨な場面になるのである。うなだれている番頭は、顔を挙げ、お内儀のほうに少しく膝をすすめて、声ひそめ、

「申し上げてもよろしゅうございますか」

と言う。何やら意を決したもののようである。

「ああ、いいとも。何でも言っておくれ。どうせ私は、あれの事には、呆れはてているのだから」

若旦那の不行跡に就いて、その母と、その店の番頭が心配している場面のようである。

「それならば申し上げます。驚きなすってはいけませんよ」

「だいじょうぶだってば！」

「あの、若旦那は、深夜台所へ忍び込み、あの、ひやざけ、……」と言いも終らず番頭、がっぱと泣き伏し、お内儀、

「げえっ！」とのけぞる。木枯しの擬音。

ほとんど、ひや酒は、陰惨きわまる犯罪とせられていたわけである。いわんや、焼酎など、怪談以外には出て来ない。

　変れば変る世の中である。

　私がはじめて、ひや酒を飲んだのは、いや、飲まされたのは、評論家古谷綱武君の宅に於てである。いや、その前にも飲んだ事があるのかも知れないが、その時の記憶がイヤに鮮明である。その頃、私は二十五歳であったと思うが、古谷君たちの「海豹」という同人雑誌に参加し、古谷君の宅がその雑誌の事務所という事になっていたので、私もしばしば遊びに行き、古谷君の文学論を聞きながら、古谷君の酒を飲んだ。

　その頃の古谷君は、機嫌のいい時は馬鹿にいいが、悪い時はまたひどかった。たしか早春の夜と記憶するが、私が古谷君の宅へ遊びに行ったら古谷君は、

「君、酒を飲むんだろう?」

　と、さげすむような口調で言ったので、私も、むっとした。なにも私のほうだけが、いつもごちそうのなりっ放しになっているわけではない。

「そんな言いかたをするなよ」

　私は無理に笑ってそう言った。

するど古谷君も、少し笑って、

「しかし、飲むんだろう?」

「飲んでもいい」

「飲んでもいい、じゃない。飲みたいんだろう?」

古谷君には、その頃、ちょっとしつっこいところがあった。私は帰ろうかと思った。

「おうい」と、古谷君は細君を呼んで、「台所にまだ五ん合くらいお酒が残っているだろう。持って来なさい。瓶のままでいい」

私はも少し、いようかと思った。酒の誘惑はおそろしいものである。細君が、お酒の「五ん合」くらいはいっている一升瓶を持って来た。

「お燗をつけなくていいんですか?」

「かまわないだろう。その茶呑茶碗にでも、ついでやりなさい」

古谷君は、ひどく傲然(ごうぜん)たるものである。

私も向っ腹が立っていたので、黙ってぐいと飲んだ。私の記憶する限りに於ては、これが私の生れてはじめての、ひや酒を飲んだ経験であった。

古谷君は懐手して、私の飲むのをじろじろ見て、そうして私の着物の品評をはじめた。

「相変らず、いい下着を着ているな。しかし君は、わざと下着の見えるような着附けをしているけれども、それは邪道だぜ」

その下着は、故郷のお婆さんのおさがりだった。私は、いよいよ面白くない気持で、なおもがぶがぶ、生れてはじめてのひや酒を手酌で飲んだ。一向に酔わない。

「ひや酒ってのは、これや、水みたいなものじゃないか。ちっとも何とも無い」

「そうかね。いまに酔うさ」

たちまち、五ん合飲んでしまった。

「帰ろう」

「そうか。送らないぜ」

私はひとり、古谷君の宅を出た。私は夜道を歩いて、ひどく悲しくなり、小さい声で、
わたしゃ
売られて行くわいな
というお軽の唄をうたった。

突如、実にまったく突如、酔いが発した。ひや酒は、たしかに、水では無かった。ひ

どく酔って、たちまち、私の頭上から巨大の竜巻が舞い上り、私の足は宙に浮き、ふわりふわりと雲霧の中を掻きわけて進むというあんばいで、そのうちに転倒し、

わたしゃ

売られて行くわいな

と小声で呟き、起き上って、また転倒し、世界が自分を中心に目にもとまらぬ速さで回転し、

わたしゃ

売られて行くわいな

その蚊の鳴くが如き、あわれにかぼそいわが歌声だけが、はるか雲煙のかなたから聞えて来るような気持で、

わたしゃ

売られて行くわいな

また転倒し、また起き上り、れいの「いい下着」も何も泥まみれ、下駄を見失い、足袋はだしのままで、電車に乗った。

その後、私は現在まで、おそらく何百回、何千回となく、ひや酒を飲んだが、しかし、

あんなにひどいめに逢った事が無かった。

ひや酒に就いて、忘れられないなつかしい思い出が、もう一つある。

それを語るためには、ちょっと、私と丸山定夫君との交友に就いて説明して置く必要がある。

太平洋戦争のかなりすすんだ、あれは初秋の頃であったか、丸山定夫君から、次のような意味のおたよりをいただいた。

ぜひいちど訪問したいが、よろしいだろうか、そうしてその折、私ともう一人のやつを連れて行きたい、そのやつとも逢ってやっては下さるまいか。

私はそれまでいちども丸山君とは、逢った事も無いし、また文通した事も無かったのである。しかし、名優としての丸山君の名は聞いて知っていたし、また、その舞台姿も拝見した事がある。私は、いつでもおいで下さい、と返事を書いて、また拙宅に到る道筋の略図なども書き添えた。

数日後、丸山です、とれいの舞台で聞き覚えのある特徴のある声が、玄関に聞えた。

私は立って玄関に迎えた。

丸山君おひとりであった。

「もうひとりのおかたは?」

丸山君は微笑して、

「いや、それが、こいつなんです」

と言って風呂敷から、トミイウイスキイの角瓶を一本取り出して、玄関の式台の上に載せた。洒落(しゃれ)たひとだ、と私は感心した。その頃は、いや、いまでもそうだが、トミイウイスキイどころか、焼酎でさえめったに我々の力では入手出来なかったのである。

「それから、これはどうも、ケチくさい話なんですが、これを半分だけ、今夜二人で飲むという事にさせていただきたいんですけど」

「あ、そう」

半分は、よそへ持って行くんだろう。こんな高級のウイスキイなら、それは当然の事だ、と私はとっさに合点して、

「おい」

と女房を呼び、

「何か瓶を持って来てくれないか」

「いいえ、そうじゃないんです」

と丸山君はあわて、

「半分は今夜ここで二人で飲んで、半分はお宅へ置いて行かせていただくつもりなんです」

私は、丸山君をいよいよ洒落たひとだ、と唸るくらいに感服した。私たちなら、一升さげて友人の宅へ行ったら、それは友人と一緒にたいらげる事にきめてしまっていて、また友人のほうでも、それは当然の事と思っているのだ。甚だしきに到っては、ビイルを二本くらい持参して、まずそれを飲み、とても足りっこ無いんだから、主人のほうから何か飲み物を釣り出すという所謂、海老鯛式の作法さえ時たま行われているのである。

とにかく私にとって、そのような優雅な礼儀正しい酒客の来訪は、はじめてであった。

「なあんだ、そんなら一緒に今夜、全部飲んでしまいましょう」

私はその夜、実にたのしかった。丸山君は、いま日本で自分の信頼しているひとは、あなただけなんだから、これからも附合ってくれ、と言い、私は見っともないくらいそりかえって、いい気持になり、調子に乗って誰彼を大声で罵倒しはじめ、おとなしい丸山君は少しく閉口の気味になったようで、

「では、きょうはこれくらいにして、おいとまします」

と言った。

「いや、いけません。ウイスキイがまだ少し残っている」

「いや、それは残して置きなさい。あとで残っているのに気が附いた時には、また、わるくないものですよ」

苦労人らしい口調で言った。

私は丸山君を吉祥寺駅まで送って行って、帰途、公園の森の中に迷い込み、杉の大木に鼻を、イヤというほど強く衝突させてしまった。

翌朝、鏡を見ると、目をそむけたいくらいに鼻が赤く、大きくはれ上っていて、鬱々として楽しまず、朝の食卓についた時、家の者が、

「どうします？　アペリチイフは？　ウイスキイが少し残っていてよ」

救われた。なるほど、お酒は少し残して置くべきものだ。善い哉、丸山君の思いやり。

私はまったく、丸山君の優しい人格に傾倒した。

丸山君は、それからも、私のところへ時々、速達をよこしたり、またご自身迎えに来てくれたりして、おいしいお酒をたくさん飲めるさまざまの場所へ案内した。次第に東

京の空襲がはげしくなったが、丸山君の酒席のその招待は変る事なく続き、そうして私は、こんどこそ私がお勘定を払って見せようと油断なく、それらの酒席の帳場に駈け込んで行っても、いつも、「いいえ、もう丸山さんからいただいております」という返事で、ついに一度も、私が支払い得なかったという醜態ぶりであった。

「新宿の秋田、ご存じでしょう！　あそこでね、今夜、さいごのサーヴィスがあるそうです。まいりましょう」

その前夜、東京に夜間の焼夷弾(しょういだん)の大空襲があって、丸山君は、忠臣蔵の討入のような、ものものしい刺子(さしこ)の火事場装束で、私を誘いにやって来た。ちょうどその時、伊馬春部君も、これが最後かも知れぬと拙宅へ鉄かぶとを背負って遊びにやって来ていて、私と伊馬君は、それは耳よりの話、といさみ立って丸山君のお伴をした。

その夜、秋田に於いて、常連が二十人ちかく、秋田のおかみは、来る客、来る客の目の前に、秋田産の美酒一升瓶一本ずつ、ぴたりぴたりと据えてくれた。あんな豪華な酒宴は無かった。一人が一升瓶一本ずつを擁して、それぞれ手酌で、大きいコップでぐいぐいと飲むのである。さかなも、大どんぶりに山盛りである。二十人ちかい常連は、それぞれ世に名も高い、といっても決して誇張でないくらいの、それこそ歴史的な酒豪ばかりであったようだが、しかし、なかなか飲みほせなかった様子であった。私はその頃は、既に、ひや酒でも何でも、大いに飲める野蛮人になりさがっていたのであるが、しかし、七合くらいで、もう苦しくなって、やめてしまった。秋田産のその美酒は、アルコール度もなかなか高いようであった。

「岡島さんは、見えないようだね」

と、常連の中の誰かが言った。

「いや、岡島さんの家はね、きのうの空襲で丸焼けになったんです」

「それじゃあ、来られない。気の毒だねえ、せっかくのこんないいチャンス、……」

などと言っているうちに、顔は煤だらけ、おそろしく汚い服装の中年のひとが、あたふたと店にはいって来て、これがその岡島さん。

「わあ、よく来たものだ」

と皆々あきれ、かつは感嘆した。

この時の異様な酒宴に於いて、最も泥酔し、最も見事な醜態を演じた人は、実にわが友、伊馬春部君そのひとであった。あとで彼からの手紙に依ると、彼は私たちとわかれて、それから目がさめたところは路傍で、そうして、鉄かぶとも、眼鏡も、鞄も何も無く、全裸に近い姿で、しかも全身くまなく打撲傷を負っていたという。そうして、彼は、それが東京に於ける飲みおさめで、数日後には召集令状が来て、汽船に乗せられ、戦場へ連れられて行ったのである。

ひや酒に就いての追憶はそれくらいにして、次にチャンポンに就いて少しく語らせていただきたい。このチャンポンというのもまた、いまこそ、これは普通のようになっていて、誰もこれを無鉄砲なものとも何とも思っていない様子であるが、私の学生時代には、これはまた大へんな荒事であって、よほどの豪傑でない限り、これを敢行する勇気が無かった。私が東京の大学へはいって、郷里の先輩に連れられ、赤坂の料亭に行った事があるけれども、その先輩は拳闘家で、中国、満洲を永い事わたり歩き、見るからに堂々たる偉丈夫、そうしてそのひとは、座敷に坐るなり料亭の女中さんに、

「酒も飲むがね、酒と一緒にビイルを持って来てくれ。チャンポンにしなければ、俺は、酔えないんだよ」

と実に威張って言い渡した。

そうしてお酒を一本飲み、その次はビイル、それからまたお酒という具合いに、交る交る飲み、私はその豪放な飲みっぷりにおそれをなし、私だけは小さい盃でちびちび飲

みながら、やがてそのひとの、「国を出る時や玉の肌、いまじゃ槍傷刀傷」とかいう馬賊の歌を聞かされ、あまりのおそろしさに、ちっともこっちは酔えなかったという思い出がある。そうして、彼がそのチャンポンをやって、「どれ、小便をして来よう」と言って巨軀をゆさぶって立ち上り、その小山の如きうしろ姿を横目で見て、ほとんど畏敬に近い念さえ起り、思わず小さい溜息をもらしたものだが、つまりその頃、日本に於いてチャンポンを敢行する人物は、まず英雄豪傑にのみ限られていた、といっても過言では無いほどだったのである。

それがいまでは、どんなものか。ひや酒も、コップ酒も、チャンポンもあったものでない。ただ、飲めばいいのである。酔えば、いいのである。酔って目がつぶれたっていいのである。酔って、死んだっていいのである。カストリ焼酎などという何が何やら、わけのわからぬ奇怪な飲みものまで躍り出して来て、紳士淑女も、へんに口をひんまげながらも、これを鯨飲し給う有様である。

「ひやは、からだに毒ですよ」

など言って相擁して泣く芝居は、もはやいまの観客の失笑をかうくらいなものであろう。

さいきん私は、からだ具合いを悪くして、実に久しぶりで、小さい盃でちびちび一級酒なるものを飲み、その変転のはげしさを思い、呆然として、わが身の下落の取りかえしのつかぬところまで来ている事をいまさらの如く思い知らされ、また同時に、身辺の世相風習の見事なほどの変貌が、何やら恐ろしい悪夢か、怪談の如く感ぜられ、しんに身の毛のよだつ思いをしたことであった。

禁酒の心

太宰治

私は禁酒をしようと思っている。このごろの酒は、ひどく人間を卑屈にするようである。昔は、これに依って所謂浩然之気(こうぜんのき)を養ったものだそうであるが、今は、ただ精神をあさはかにするばかりである。近来私は酒を憎むこと極度である。いやしくも、なすあるところの人物は、今日此際、断じて酒杯を粉砕すべきである。

日頃酒を好む者、いかにその精神、吝嗇(りんしょく)卑小になりつつあるか、一升の配給酒の瓶に十五等分の目盛を附し、毎日、きっちり一目盛ずつ飲み、たまに度を過して二目盛飲んだ時には、すなわち一目盛分の水を埋合せ、瓶を横ざまに抱えて震動を与え、酒と水、両者の化合醗酵を企てるなど、まことに失笑を禁じ得ない。また配給の三合の焼酎に、薬缶一ぱいの番茶を加え、その褐色の液を小さいグラスに注いで飲んで、このウィスキイには茶柱が立っている、愉快だ、などと虚栄の負け惜しみを言って、豪放に笑ってみせるが、傍の女房はニコリともしないので、いっそうみじめな風景になる。また昔は、晩酌の最中にひょっこり遠来の友など見えると、やあ、これはいいところへ来て下さった、ちょうど相手が欲しくてならなかったところだ、何も無いが、まあどうです、一ぱい、というような事になって、とみに活気を呈したものであったが、今は、はなはだ陰気である。

「おい、それでは、そろそろ、あの一目盛をはじめるからな、玄関をしめて、錠をおろして、それから雨戸もしめてしまいなさい。人に見られて、羨やましがられても具合いが悪いからな」なにも一目盛の晩酌を、うらやましがる人も無いのに、そこは精神、吝嗇卑小になっているものだから、それこそ風声鶴唳（ふうせいかくれい）にも心を驚かし、外の足音にもいちいち肝を冷やして、何かしら自分がひどい大罪でも犯しているような気持になり、世間の誰もかれもみんな自分を恨みに恨んでいるような言うべからざる恐怖と不安と絶望と忿懣（ふんまん）と怨嗟（えんさ）と祈りと、実に複雑な心境で部屋の電気を暗くして背中を丸め、チビリチビリと酒をなめるようにして飲んでいる。

「ごめん下さい」と玄関で声がする。

「来たな！」。屹っと身構えて、この酒飲まれてたまるものか。それ、この瓶は戸棚に隠せ、まだ二日盛残ってあるんだ、あすとあさってのぶんだ。この銚子にもまだ三猪口ぶんくらい残っているが、これは寝酒にするんだから、銚子はこのまま、このまま、さわってはいけない、風呂敷でもかぶせて置け、さて、手抜かりは無いか、と部屋中をぎょろりと見まわして、それから急に猫撫声で、

「どなた？」

ああ、書きながらも嘔吐を催す。人間も、こうなっては、既にだめである。浩然之気もへったくれもあったものでない。「月の夜、雪の朝、花のもとにても、心のどかに物語して盃出したる、よろずの興を添うるものなり」などと言っている昔の人の典雅な心境をも少しは学んで、反省するように努めなければならぬ。それほどまでに酒を飲みたいものなのか。夕陽をあかあかと浴びて、汗は滝の如く、髭をはやした立派な男たちが、ビヤホオルの前に行儀よく列を作って、そうして時々、そっと伸びあがってビヤホオルの丸い窓から内部を覗いて、首を振って溜息をついている。なかなか順番がまわって来ないものと見える。内部はまた、いもを洗うような混雑だ。肘と肘とをぶっつけ合

い、互いに隣りの客を牽制し、負けず劣らず大声を挙げて、おういビイルを早く、おういビエルなどと東北訛りの者もあり、喧々囂々、やっと一ぱいのビイルにありつき、ほとんど無我夢中で飲み畢るや否や、ごめん、とも言わずに、次のお客の色黒く眼の光のただならぬのが自分を椅子から押しのけて割り込んで来るのである。すなわち、呆然として退場しなければならぬ。気を取りなおして、よし、もういちど、と更に戸外の長蛇の如き列の末尾について、順番を待つ。これを三度、四度ほど繰り返して、身心共に疲れてぐたりとなり、ああ酔った、と力無く呟いて帰途につくのである。国内に酒が決してそんなに極度に不足しているわけではないと思う。飲む人が此頃多くなったのではないかと私には考えられる。少し不足になったという評判が立ったので、いままで酒を飲んだ事のない人まで、よろしい、いまのうちに一つ、その酒なるものを飲んで置こう、何事も、経験してみなくては損である、実行しよう、という変な如何にも小人のもの欲しげな精神から、配給の酒もとにかくいただく、ビヤホオルというところへも一度突撃して、もまれてみたい、何事にも負けてはならぬ、おでんやというものも一つ、試みたい、カフェというところも話には聞いているが、一たいどんな具合いか、いまのうちに是非実験をしてみたい、などというつまらぬ向上心から、いつのまにやら一ぱしの酒飲みになって、お金の無い時には、一目盛の酒を惜しみ、茶柱の立ったウィスキイを喜び、もう、やめられなくなっている人たちも、かなり多いのではないかと私には思われる。とかく小人は、度しがたいものである。

たまに酒の店など へ行ってみても、実に、いやな事が多い。お客のあさはかな虚栄と卑屈、店のおやじの傲慢貪慾(ごうまんどんよく)、ああもう酒はいやだ、と行く度毎に私は禁酒の決意をあらたにするのであるが、機が熟さぬとでもいうのか、いまだに断行の運びにいたらぬ。

店へはいる。「いらっしゃい」などと言われて店の者に笑顔で迎えられたのは、あれは昔の事だ。いまは客のほうで笑顔をつくるのである。「こんにちは」と客のほうから店のおやじ、女中などに、満面卑屈の笑をたたえて挨拶して、そうして、黙殺されるのが通例になっているようである。念いりに帽子を取ってお辞儀をして、店のおやじを「旦那」と呼んで、生命保険の勧誘にでも来たのかと思わせる紳士もあるが、これもまさしく酒を飲みに来たお客であって、そうして、やはり黙殺されるのが通例のようになっている。更に念いりな奴は、はいるなりすぐ、店のカウンタアの上に飾られてある植木鉢をいじくりはじめる。「いけないねえ、少し水をやったほうがいい」とおやじに聞えよがしに呟いて、自分で手洗いの水を両手で掬って来て、シャッシャと鉢にかける。

身振りばかり大変で、鉢の木にかかる水はほんの二、三滴だ。ポケットから鋏を取り出して、チョンチョンと枝を剪って、枝ぶりをととのえる。出入りの植木屋かと思うとそうではない。意外にも銀行の重役だったりする。店のおやじの機嫌をとりたい為に、わざわざポケットに鋏を忍び込ませてやって来るのであろうが、苦心の甲斐もなく、やっぱりおやじに黙殺されている。渋い芸も派手な芸も、あの手もこの手も、一つとして役に立たない。一様に冷く黙殺されている。けれどもお客も、その黙殺にひるまず、なんとかして一本でも多く飲ませてもらいたいと願う心のあまりに、ついには、自分が店の者でも何でも無いのに、店へ誰かはいって来ると、いちいち「いらっしゃあい」と叫び、また誰か店から出て行くと、必ず「どうも、ありがとう」とわめくのである。あきらかに、錯乱、発狂の状態である。実にあわれなものである。おやじは、ひとり落ちつき、「きょうは、鯛の塩焼があるよ」と呟く。

すかさず一青年は卓をたたいて、

「ありがたい！　大好物。そいつあ、よかった」。内心は少しも、いい事はないのである。高いだろうなあ、そいつは。おれは今迄、鯛の塩焼なんて、たべた事がない。けれども、いまは大いに喜んだふりをしなければならぬ。つらいところだ、畜生め！「鯛の塩焼と聞いちゃ、たまらねえや」実際、たまらないのである。

他のお客も、ここは負けてはならぬところだ。われもわれもと、その一皿二円の鯛の塩焼を注文する。これで、とにかく一本は飲める。けれども、おやじは無慈悲である。しわがれたる声をして、

「豚の煮込みもあるよ」

「なに、豚の煮込み?」。老紳士は莞爾と笑って、「待っていました」と言う。けれども内心は閉口している。老紳士は歯をわるくしているので、豚の肉はてんで噛めないのである。

「次は豚の煮込みと来たか。わるくないなあ。おやじ、話せるぞ」などと全く見え透いた愚かなお世辞を言いながら、負けじ劣らじと他のお客も、その一皿二円のあやしげな煮込みを注文する。けれども、この辺で懐中心細くなり、落伍する者もある。

「ぼく、豚の煮込み、いらない」と全く意気悄沈して、六号活字ほどの小さい声で言って、立ち上り、「いくら?」という。

他のお客は、このあわれなる敗北者の退陣を目送し、ばかな優越感でぞくぞくして来るらしく、

「ああ、きょうは食った。おやじ、もっと何か、おいしいものは無いか。たのむ、もう一皿」と血迷った事まで口走る。酒を飲みに来たのか、ものを食べに来たのか、わからなくなってしまうらしい。

なんとも酒は、魔物である。

太宰治との一日

豊島与志雄

本年四月二十五日、日曜日の、午後のこと、電話があった。

「太宰ですが、これから伺っても、宜しいでしょうか」

声の主は、太宰自身でなく、さっちゃんだ。——さっちゃんというのは、吾々の間の呼び名で、本名は山崎富栄さん。

日曜日はたいてい私のところには来客がない。太宰とゆっくり出来るなと思った。

やがて、二人は現われた。——考えてみるに、太宰は三鷹にいるし、私は本郷にいるので、時間から推して、お茶の水あたりからの電話だったらしい。伺っても宜しいかというのは一応の儀礼で、実は私の在否を確かめるためのものであったろうか。

「今日は愚痴をこぼしに来ました。愚痴を聞いて下さい」と太宰は言う。

彼がそんなことを言うのは初めてだ。いや、彼はなかなかそんなことを言う男ではない。心にどんな悩みを持っていようと、人前では快活を装うのが彼の性分だ。

私は彼の仕事のことを聞いた。半分ばかり出来上ったらしい。――彼はその頃、「展望」に連載する小説「人間失格」にとりかかっていた。筑摩書房の古田氏の世話で、熱海に行って前半を書き大宮に行って後半を書いたが、その中間、熱海から帰って来たあとで私のところへ来たのである。私は後に「人間失格」を読んで、あれに覗き出してる暗い影に心打たれた。あの暗い影が、彼の心に深く積もっていたのだろう。

然し、愚痴をこぼしに来たと言いながら、それだけでもう充分で、愚痴らしいものを太宰は何も言わなかった。――その上、すぐ酒となった。

だいたい吾々文学者は、少数の例外はあるが、よく酒を飲む。文学上の仕事は、我と我身を切り刻むようなことが多く、どうにもやりきれなくて酒を飲むのだ。または、頭の中、心の中に、いやな滓がたまってきて、それを清掃するために酒を飲むのだ。太宰もそうだった。その上、太宰はまた、がむしゃらな自由奔放な生き方をしているようでいて、一面、ひどく極りわるがり恥しがるところがあった。口を開けば妥協的な言葉は言えず、率直に心意を吐露することになるし、それが反射的に気恥しくもなる。そして照れ隠しに酒を飲むのだ。人と逢えば、酒の上でなければうまく話が出来ない。そういうところから、つまり、彼は二重に酒を飲んだ。彼と逢えば私の方でも酒がなくては工合がわるいのだ。

折よく、私のところに少し酒があった。だが、私のこの近所、自由販売の酒類はすぐに売り切れてしまう。入手に甚だ困難だ。太宰はさっちゃんに耳打ちして、電話をかけさせる。日曜日でどうかと思われるが、さほど遠くないところに、二人とも懇意な筑摩書房と八雲書店とがある。

「もしもし、わたし、さっちゃん……」そう自分でさっちゃんは名乗る。太宰さんが豊島さんところに来ているが、お酒が手にはいるまいかとねだる。お代は原稿料から差引きにして、と言う。――両方に留守の人がいた。八雲から上等のウイスキーが一本届けられ、夜になって、筑摩からも上等のウイスキーを一本、臼井君が自分で持参された。

元来、太宰はひとに御馳走することが好きで、ひとから御馳走になることが嫌いだ。旧家大家に育った生れつきの心ばえであろうか。――嘗て、生家と謂わば義絶の形となり、原稿もまだあまり売れず、困窮な放浪をしていた頃、右の点について、彼はずいぶん屈辱的な思いをしたことであろう。

私は太宰と懇意になったのは最近のことだが、私のところへ来ても、彼はいつも私へ御馳走しようとした。貧乏な私に迷惑をかけたくないとの配慮もあったろう。年長の私に対して礼をつくすという気持ちもあったろう。——彼が甘んじて世話になったのは、恐らく、死後も面倒をみて貰うことになった三社、新潮と筑摩と八雲とであったろうか。

あの日も太宰は酒を集めてくれた。ばかりでなく、さっちゃんをあちこちに奔走さして、いろいろな食物を買って来さした。私の娘が結婚後も家に同居していて、その頃病気で伏せっていたのへも、お見舞として、バタや缶詰の類を買って来さした。

おかしいのは、鶏の料理だ。だいぶ前、太宰が来た時、私は彼の前で鶏を料理してみせたことがある。へんな鶏で、雌雄がわからず、つまり、子宮も睾丸も摘出できなかったという次第で、大笑いとなった。こんな血腥いこと、太宰としては厭だったろうと思われるのに、案外、彼は興味を持って、其後、よそで、自ら執刀し、そこら中を血だらけにしたとかいう。私はそれを聞いていたし、前回の失敗を取返したくも思い、丸のままのを一羽求めて来さして、食卓の上で手際よく解剖してみせた。ところがその鶏、産むまぎわの卵を一つ持っていて、まだ殻がぶよぶよしてる大きいのが出て来て、私も、むろん太宰も、ちょっと面喰った。

酒の席でまで文学論をやることは、太宰も私も嫌いだ。政治的な時事問題なども面白くない。話はおのずから、天地自然のこと、つまり山川草木のことが主となる。以前に、太宰と近所を歩いて、雀の巣だった銀杏の樹のあたりを通りかかったことがある。今ではその辺は戦災の焼跡になっているが、その銀杏の樹に嘗て、数百数千の雀が群がって囀ずり、付近の人々は払暁から眼を覚まされたという。その銀杏の樹が五本立ち並んでると私が言ったところ、三本しか見えないと太宰に指摘された。見ると、なるほど三本のようでもある。豊島さんの話、まったく出たらめで、五本だと言うが、なあに三本しかない、と太宰は大笑いするのだ。酔うとそれが彼の口癖になった。雌雄の分らない鶏も、酔後の彼の口癖だ。――そんなことで、その日も大笑いした。胸に憂悶があればこそ、こんな他愛もないことに笑い興じるのだ。

夜になって、臼井君が見えたので、だいぶ賑かになった。私はもう可なり酔って、どんなことを話したかあまり覚えていない。ただ、私の酔後の癖として、眼の前にいる人の悪口を言ってそれを酒の肴にすることが多いので、或は臼井君に失礼なことばかり言ったかも知れない。

臼井君は酒は飲むが、あまり酔わない。程よく帰って行った。

太宰も私も、だいぶ酒にくたぶれた。太宰はビタミンBの注射をする。なんどか喀血したし、実は相当に体力も弱っているので、ビタミン剤などを常に飲んだり注射したりしているのである。注射はさっちゃんの役目だ。勇敢にさっとやってのける。ビタミンBは、アンプル中の薬液の変質を防ぐために、酸性になされていて、それが可なり肉にしみる。さっちゃんが注射すると、痛い、と太宰は顔をしかめる。

「僕にさしてみたまい。痛くないようにしてみせる」

皮下に針をさして、極めて徐々に薬液を注入する。

「どうだ、痛くないだろう」

「うん」太宰は頷く。

そこで私は、終り頃になって、急に強く注入する。

「ち、痛い」そして大笑いだ。

さっちゃんは勇敢に注射するが、ただそれだけで、他事はもう鞠躬如として太宰に仕えている。太宰がどんなに我儘なことを言おうと、どんな用事を言いつけようと、片言の抗弁もしない。すべて言われるままに立ち働く。ばかりでなく、積極的にこまかく気を配って、身辺の面倒をみてやる。もし隙間風があるとすればその風にも太宰をあてまいとする。それは全く絶対奉仕だ。家庭外で仕事をする習慣のある太宰にとって、さっちゃんは最も完全な侍女であり看護婦であった。——家庭のことは、美知子夫人がりっぱに守っていてくれる。太宰はただ仕事をすればよかったのだ。

そういう風で、太宰とさっちゃんとの間に、愛欲的なものの影を吾々は少しも感じなかった。二人の間になにか清潔なものさえ吾々は感じた。この感じは、誤ってるとは私は思わない。だから私は平気で二人を一室に宿泊させるのだった。——その夜も宿泊させた。

翌朝、すべての用事をさっちゃんに言いつける太宰が、珍らしく、自分で出かけて行った。だいぶたってから、一束の花を持って戻って来た。白い花の群がってる数本の強い茎を中軸にして、芍薬の美しい赤い花が二輪そえてある。

「どうだ、これは僕でなくちゃ分らん、お嬢さんに似てるだろう」

さっちゃんを顧りみて太宰は言う。照れ隠しらしい。これだけは自分で買って来たいと思ったのだ。そしてそれを、お嬢さんへと言って私に差出した。

私たちは残りのウイスキーを飲みはじめた。女手は女中一人きりなので、さっちゃんがまたなにかと立ち働く。そこへ、八雲から亀島君がやって来、筑摩の臼井君もまた立ち寄った。暫くして、太宰は皆に護られて帰っていった。背広に重そうな兵隊靴、元気な様子はしているが、後ろ姿になにか疲れが見える。疲れよりも、憂欝な影が見える。

それきり、私は太宰に逢わなかった。逢ったのは彼の死体にだ。——死は、彼にとっては一種の旅立ちだったろう。その旅立ちに、最後までさっちゃんが付き添っていてくれたことを、私はむしろ嬉しく思う。

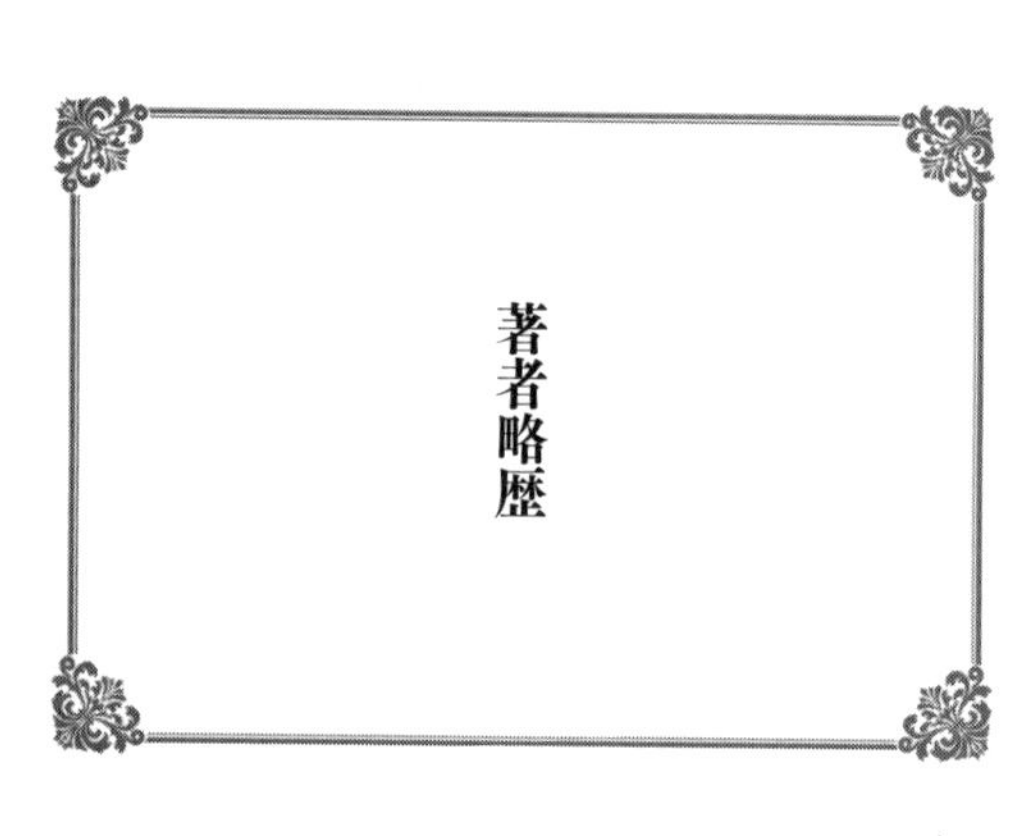

著者略歴

坂口安吾（一九〇六年～一九五五年）

新潟県出身。本名、坂口炳五（へいご）。

一九三一年、ナンセンスかつユーモラスな「風博士」を牧野信一に激賞され、一躍文壇デビューを果たす。

終戦後、人間の価値観・倫理観を見つめ直した「堕落論」「白痴」を発表。これが高く評価され、その人気を確かなものにした。

その後は太宰治、織田作之助らと共に無頼派・新戯作派と呼ばれ、多忙な人気作家へとなっていった。純文学に限らず、推理小説や時代小説も手掛けるなど、その多彩な作風でも知られている。

五十歳のとき、脳出血のためにこの世を去った。

夢野久作（一八八九年〜一九三六年）

福岡県福岡市出身。本名、杉山泰道。右翼の大物杉山茂丸の子として生まれる。僧侶、新聞記者などを経て作家となる。

一九二二年、杉山萌円の筆名で童話『白髪小僧』を刊行、一九二六年には、「あやかしの鼓」を雑誌『新青年』に発表した。一九二九年発表の「押絵の奇蹟」が江戸川乱歩に絶賛されるなど次第に評価が高まっていった。一人の人物の語りで物語が進行する独白体系と、本文がそのまま書簡形態である書簡体系が特徴的である。怪奇味、幻想性の濃い作品が多く、独特な世界観を作っている。主な作品に、「ドグラ・マグラ」「少女地獄」「猟奇歌」などがある。

小川未明（一八八二年〜一九六一年）

新潟県出身。早稲田大学生時代に坪内逍遥や島村抱月から指導を受けた。また、当時出講していたラフカディオ・ハーンによる講義にも大きな刺激を受けた。

一九〇四年、大学在学中に処女作「漂浪児」を雑誌『新小説』に発表し、好評を博した。この時、逍遥から「未明」の号を与えられた。卒業後は早稲田文学社に入り『少年文庫』の編集に携わる一方、小説や童話の創作活動は続けられた。一九二六年、『小川未明選集』を発売したのを契機に童話創作活動に専念していくことを決める。

一九二一年、代表作「赤い蝋燭と人魚」を執筆。以後も多数の作品を残した。

佐々木邦（一八八三年〜一九六四年）

静岡県駿東郡清水村（現・清水町）出身。六歳のときに父の仕事の関係で上京し、青山学院中等部へ進む。明治学院卒。

明治学院大学教授として長年英文学に携わり、マーク・トウェインの『ハックルベリー物語』、『トム・ソウヤーの冒険』の翻訳者としても知られている。

一九三六年、辰野九紫らとともにユーモア作家倶楽部を結成し、翌年には機関誌『ユーモアクラブ』を創刊した。

一般的な家庭の風景など、身近なテーマをユーモラスに描く作風は大衆に広く受け入れられ、ユーモア小説の第一人者として高く評価された。

林芙美子（一九〇三年〜一九五一年）

山口県出身（異説あり）。

尾道高等女学校卒業後、恋人を頼って上京するも婚約を破棄される。下足番や女工、女給など様々な職業を転々としつつ、つけていた日記をもとに一九三〇年、自伝的小説『放浪記』を刊行した。

これがベストセラーになり、一躍流行作家に。単身渡仏したのち、帰国後は女流作家としての地位を確立した。

戦後、出版社が続々と動き出すなか、執筆依頼を断らず盛んに書いた。名作として知られる『晩菊』や『浮雲』はこの頃に書いたものであった。

五一年に心臓麻痺で急逝。享年四十七歳。

岡本かの子（一八八九年～一九三九年）

東京都出身。与謝野晶子に師事。「新詩社」の同人として十四歳の頃から『明星』『スバル』などに詩や短歌を発表し、歌人として頭角を現した。歌作の傍ら画学生・岡本一平と結婚。その後一平との激しい衝突や兄の死を受け、神経衰弱に陥る。宗教に救いを見出し、この時期からは仏教に傾倒していった。晩年は小説に専心。一平との欧米滞在から帰国の後、川端康成の指導を得、小説制作に傾倒した。芸術家・岡本太郎の母としても知られ、代表作に『母子叙情』『金魚撩乱』『老妓抄』などがある。

梅崎春生（一九一五年～一九六五年）

福岡県出身。東京帝国大学国文科卒。在学中には「風宴」を発表するなど、創作活動にも取り組んだ。卒業後は職に就くも、徴兵を受け陸軍に召集される。病気のため即日帰郷となったが、数年後には海軍に召集され、暗号特技兵として鹿児島で敗戦を迎えた。戦後、兵士として過ごした体験をもとに書いた「桜島」「日の果て」などで新人作家としての地位を得る。「ボロ家の春秋」で直木賞、「砂時計」で新潮社文学賞、「狂ひ凧」で芸術選奨文部大臣賞を受賞。肝硬変により五十歳で急死。他に「幻化」などの作品がある。

芥川龍之介（一八九二年〜一九二七年）

東京出身。東京帝大英文科卒。同人雑誌『新思潮』に翻訳作品を寄稿するなど、在学中から創作活動を始めていた。一九一六年に発表した「鼻」が夏目漱石に絶賛される。卒業後は、海軍機関学校で嘱託教官に就任した。一九一九年には教職を辞し、執筆活動に専念した。

今昔物語を題材にした「羅生門」「芋粥」や中国説話によった「杜子春」など数多くの短編を発表していたが、「歯車」「河童」に見られるような自伝的作品も次第に書くようになった。多くの作品を残すも、一九二七年に服毒自殺し、この世を去った。

福澤諭吉（一八三五年〜一九〇一年）

一八三五年、大阪に生まれる。生後すぐに父親を亡くし、豊前中津藩（現大分県中津市）へ移り住む。

十九歳のころ、兄の勧めで長崎に遊学。蘭学と砲術に触れる。その後は蘭学者・医師の緒方洪庵による私塾「適塾」で学んだ。

一八五八年からは江戸に出て、蘭学の講師を務めた。この時期にオランダ語だけでなく英語を学ぶ必要があると感じ、一八六〇年、二十五歳のときに渡米した。その後、意欲的に諸外国を視察し、その時の様子を『西洋事情』にまとめ広く読まれた。

慶應義塾の設立者としても知られ、主な著書に『学問のすゝめ』がある。

宮本百合子（一八九九年～一九五一年）

東京都出身。日本女子大学英文学科中退。十七歳の時に発表した「貧しき人々の群」で天才少女として知れ渡る。

一九一八年、アメリカに遊学。この時に知り合った古代東洋語研究者・荒木茂と結婚するも、ほどなくして離婚。この結婚生活を小説『伸子』にまとめた。

一九二七年にはソ連に遊学し、共産主義に傾倒。帰国後は共産党へ入党し、委員長・宮本顕治と結婚した。投獄、弾圧されながらも執筆活動を続ける。

一九五一年、髄膜炎菌敗血症で急逝。享年五十一。ほかの主な作品に『播州平野』『道標』などがある。

宮沢賢治（一八九六年～一九三三年）

岩手県稗貫郡里川口村（現・花巻市）出身。日蓮宗徒。盛岡高等農林学校（現・岩手大学農学部）に首席で入学。卒業後は郡立稗貫農学校（現・花巻農業高等学校）に着任。この頃、詩集「心象スケッチ 春と修羅」、童話集「注文の多い料理店」などを刊行した。

しかしこれらの作品は生前、一般に知られることはほとんどなく、没後、詩人の草野心平らの尽力によって広く読まれるようになっていった。

独特の世界観や言語感覚で知られており、現在でも愛好家が多い。ほかの主な作品に「銀河鉄道の夜（童話）」「口語詩稿（詩集）」などがある。

太宰治（一九〇九年～一九四八年）

青森県北津軽郡金木村（現・五所川原市）出身。本名、津島修治。第二次世界大戦前から戦後にかけて、多くの作品を残した。

坂口安吾、織田作之助らとともに「無頼派」「新戯作派」と称され、新鮮な作風・価値観で人気を博した。自殺未遂や薬物中毒を繰り返すなど、いわゆる「破滅型」の作家としても知られており、作風にも実生活の影響が色濃く反映されている。

一九四八年、玉川上水で愛人の山崎富栄と入水。「桜桃忌」と呼ばれる太宰の命日には、今なお多くのファンがその死を悼む。主な作品に、「斜陽」「走れメロス」「人間失格」などがある。

豊島与志雄（一八九〇年～一九五五年）

福岡県の士族の家に生まれる。小説家、翻訳家、児童文学者。

東京帝国大学文学部仏文科卒。在学中に芥川龍之介らと第三次『新思潮』を創刊し、同誌上に処女作となる「湖水と彼等」を発表。文壇に認められる。

創作だけでなく翻訳家としても活動しており、同大学を卒業後に手掛けた『レ・ミゼラブル』の翻訳はベストセラーとなった。

その後法政大学や明治大学などで講師として勤め、晩年まで教職に就く。

主な作品に、『生あらば』『野ざらし』などがある。

【出典一覧】

酒のあとさき	『坂口安吾全集 05』（筑摩書房）
ビール会社征伐	『夢野久作全集 7』（三一書房）
呑仙士	『夢野久作全集 7』（三一書房）
こまどりと酒	『小川未明童話集』（岩波書店）
一年の計	『佐々木邦全集　補巻5　王将連盟　短篇』（講談社）
或一頁	『林芙美子全集　第十巻』（文泉堂出版）
異国食餌抄	『世界に摘む花』（実業之日本社）
百円紙幣	『怠惰の美徳』（中央公論新社）
酒虫	『芥川龍之介全集 1』（筑摩書房）
福翁自伝	『福澤諭吉著作集　第12巻　福翁自伝 福澤全集緒言』（慶應義塾大学出版会）
三鞭酒	『宮本百合子全集　第十七巻』（新日本出版社）
チュウリップの幻術	『インドラの網』（角川書店）
酒の追憶	『太宰治全集 9』（筑摩書房）
禁酒の心	『太宰治全集 5』（筑摩書房）
太宰治との一日	『太宰治全集 10　決定版　小説9』（筑摩書房）

本文表記は読みやすさを重視し、一部に新漢字、新仮名づかい、常用漢字、ルビを採用しました。また、今日の人権意識に照らし、不当、不適切と思われる語句や表現については、作品の時代的背景と文学的価値とを考慮し、そのままとしました。

文豪たちが書いた **酒の名作短編集**

2022年12月12日　第一刷

編　纂　彩図社文芸部

発行人　山田有司

発行所　〒170-0005
株式会社彩図社
東京都豊島区南大塚3-24-4
MTビル
TEL：03-5985-8213　FAX：03-5985-8224

印刷所　新灯印刷株式会社
URL　https://www.saiz.co.jp
https://twitter.com/saiz_sha

ISBN978-4-8013-0634-9　C0193